AF596441

EXPLORANDO EL MUNDO DE TALIB

Un relato asombroso

Titulo original:
Explorando el mundo de Talib, un relato asombroso

Primera edición: Marzo, 2023

Revisión: Javier Tamayo Ruiz
Diseño de imagen: Silvana Tamayo y Natalia Tamayo
Impresión: Editorial Autores Editores

ISBN: 978-958-49-9215-4

CONTENIDO

Dedicatoria 6

Agradecimientos 7

1. Conociendo a Talib 8

2. Talib, su familia y amigos.................................27

3. Experiencias que encamInaron a Talib 51

4. La partida de Dalil...73

5. Talib y su guía en otro campo dimensional 93

6. ¿Como se formó La Tierra? 126

7. ¿Existen Las Sirenas? 143

8. El regalo de cumpleaños 158

9. El Buscador de Mundos 199

10. Reconociendo el pasado y sus legados..........212

11. Explorando viajes intergalácticos..................226

Dedicatoria

Este libro está dedicado a un ser excepcional, que me apoyo siempre durante su corta estadía por la Tierra, me orientó y me guio por los caminos espirituales, siempre tenía un tema, algo que contarme y me daba hilos que fui tejiendo poco a poco hasta lograr tejer una gran red de ideas, pensamientos, recuerdos escondidos, todo parecía tener sentido. Posterior a su partida de este mundo se propuso ser mi antorcha, la luz del camino que tanto nos da temor recorrer, pero con él fue ligera la carga; los aprendizajes fueron incontables y solo acá logró recoger algunos de ellos. espero les llegue al alma y al centro de sus corazones tal como me llego a mí.

Es un recorrido por la magia, lo irreal, irracional a ojos humanos, es un mundo invisible que a medida que ingresas lo ves más visible y creíble. ***Gracias Alberto Muñoz*** por permitirme plasmar tus enseñanzas, y sé que hay más por descubrir y explorar, espero que tu propósito sea expandido en cada lector y sus familias y así tu orientación por esos mundos inexplorados sirva para que podamos reconocernos como seres de luz, magnificentes, brillemos y pongamos al servicio nuestros dones y sabiduría.

¡Gracias infinitas!

Agradecimientos

Doy gracias a la vida por permitirme sentir, ver, oler, saborear, escuchar sonidos infinitos, ocultos. Agradezco a todos y cada una de las personas que hicieron parte de este escrito, algunos directamente como mi escritor favorito Javier Tamayo que me apoyó y siempre estuvo dispuesto a revisarme el contenido y darme sus aportes literarios, gracias por sacar de su tiempo y apoyarme en este proyecto. A mi madre, Luz Marina, que se sentaba horas a escucharme las historias asombrosas y me permitía a través de lo que le contaba ver más, recordar, saber que seguía en la trama; gratitud infinita por estar siempre dispuesta a escuchar, así yo hablara sin parar.

Agradezco a Silvana y Natalia Tamayo. Ambas fueron esenciales en las ilustraciones, cada una con sus talentos permitieron que un sueño se cumpliera. Gracias por sacar de sus espacios de descanso para llevar el dibujo a una realidad. Agradezco a mis hermanos Jorge y David, mis padres, mis sobrinas Manuela, Maria Fernanda, Maria Paz y cada una de las personas que han estado en mi vida, por ser parte de mí, por permitirme crecer, entender, aprender y sobre todo a amar incondicionalmente. Son ustedes mi motor; sin ustedes nada sería posible, ni los aprendizajes ni el desarrollo de esta experiencia.

Amtinan lianihayiyin!

1. Conociendo a Talib

Talib un niño callado, estudioso y muy intrépido, le gustaba explorar cosas, saber sobre temas que solo los adultos le podrían responder, pero que no lo harían por temor a decir algo indebido o a destiempo. Le inquietaban temas sobre todo referentes a el por qué la gente discute y son violentos, o el por qué las parejas dejan de quererse después de muchos años compartiendo juntos. Lo cuestionaba porque para él, a su corta edad, no le era claro entender cómo en especial los adultos podían dejar de sentir amor por otra persona, porque, independiente de las circunstancias, el amor es incondicional y eterno, proviene de lo más interno de cada ser y hace parte de nosotros, es más, lo veía que era un derecho de nacimiento, todos debían sentir amor por otros y sentirse amados.

Un bebé al llegar al mundo solo espera que lo abracen, amen, acaricien, le muestren el camino y lo acompañen en todos sus aprendizajes. Esta es la mejor manera que pueda tener confianza en sí mismo y después pueda hacerlo solo sin dificultad y buscando ayudar al otro.

No tuvo una niñez fácil, siempre marcó la diferencia con niños de su misma edad, aun así trataba de camuflarse con sus amigos y familiares para que lo aceptaran, actuaba de acuerdo a los cánones sociales, observaba qué hacían los niños de su misma edad para repetir ademanes, comportamientos y palabras, que le permitían ser parte de la manada, del común, sentirse acogido, aceptado y valorado, eran cosas que le inquietaban y siempre le apuntó, pensaba dentro de sí que si hacia esto y olvidaba quién era, podría tener amigos, reír con ellos, hacer cosas divertidas así fuera reírse de los demás cuando era algo que le molestaba, en realidad no le causaba risa, el mal del otro, una caída, equivocarse al hablar o en las lecciones no era motivo de burla para él, aun así, actuaba que sí lo era para que lo vieran "normal".

Pero la realidad era otra, en cualquier momento, el día menos pensado, su verdadera personalidad salía, sin control, sin avisar. De una resaltaba ante los demás, se notaba la diferencia en lo que decía, en los gustos, en su manera de ver la vida, en todo. Sus amigos de la infancia se confundían ante ciertos comportamientos que no entendían, no era lo común o lo que se les dijo que debían ser, ellos en su miedo y por no saber cómo manejar esa situación de aceptar a uno "raro", preferían alejarse con pausa y lentamente.

Talib lo percibía, sabia en sus miradas que ya lo habían notado, era pintar un pollo de negro y camuflarlo con cuervos, pero solo bastaría con una lluvia o ingresar al estanque a un baño, para que los cuervos percibieran que estaba pasando algo diferente en su color y sospecharan de su naturaleza y prescindieran de su compañía, no podrían aceptarlo en sus madrigueras.

Así transcurría su infancia, tratando de agradar a las personas que lo rodeaban, sin tener mayor éxito, sus familiares y amigos más allegados lograban encontrar en esas diferencias, algo de magia, sabían que el niño era diferente y que debía tener mayor atención, sobre todo cuando hacia comentarios por fuera de lo acostumbrado, porque comenzaron a encontrar verdades ocultas, información valiosa para la vida, tips del buen vivir y que los sacaba de orbita; tenían que estar muy aferrados a la Tierra para entender y recibir semejante descarga energética, que puede sonar extraño.

Pero a veces Talib, lograba con una palabra desestabilizar a cualquiera, podría hacer dudar de las creencias y con su cara de inocencia, sus ojos expresivos y su sonrisa picarona, los mandaba en un segundo a un viaje intergaláctico que evidentemente generaba terror en quien lo experimentaba, pero este niño lo hacía tan natural, era su esencia quien hablaba y se manifestaba; era su ser mostrando un camino, una nueva ruta que se salía de cualquier línea cultural, cosa que no gustaría mucho a niveles jerárquicos, pero que inevitablemente se iría permeando en la Tierra:

Como Talib había muchos en el mundo, mostrando otra forma de ver la vida, si bien sabían que no sería fácil, se montaron en la tarea y seguramente al pasar de unos años verían los resultados.

Sus primeros intentos no lograban llegar donde debían, las personas tomaban sus comentarios como burlas, cuestionaban sus "extraños" comportamientos, a veces muy presente y atento a las circunstancias de la vida, del mundo y otras veces totalmente retraído, en otra dimensión, salido de cualquier patrón de la sociedad y de las características de los niños de su misma edad, lo que generaba una sensación de inestabilidad en las personas que lo rodeaban sobre todo en los adultos que no sabían cómo manejar la situación para dar respuesta a las preguntas o hacer aportes a sus comentarios. Con los demás niños les era más fácil, solo se alejaban y no les daban explicaciones.

Frecuentemente se entretenía con sus juguetes, tenía habilidad para crear historias, muy variadas y se las terminaba creyendo, se metía tanto en los personajes y los roles que llegaba a pensar que esa era la realidad, normalmente se entretenía en estos juegos y su día transcurría rápido, entretenido y eso le parecía muy divertido, por ello, lo hacía muy a menudo.

Otras veces pintaba y hacia dibujos, le gustaba coleccionar agendas con recortes de figuras o mensajes de esperanza, amistad; le gustaba alimentarse con estas actividades que lo llenaban de tranquilidad y le permitían ver la vida distinta, asumir que no siempre podría tener amigos o que debía aprender cuándo salir de un lugar o circunstancia incómoda o peligrosa. Le encantaba escribir con las dos manos, si bien era diestro, constantemente hacia planas en un cuaderno con su mano izquierda y decía que servía para manejar los dos lados del cerebro, creando historias fantásticas, de seres mágicos que salían de todas partes que eran luminosos o seres de la Tierra que jamás nadie habría visto.

Su imaginación desbordaba cualquier limite social y cultural, atravesaba países en un segundo con el pensamiento, por eso leía mucho, creía que los libros le ofrecían conocer lugares diferentes, lo transportaba a otros mundos, creaba personajes en su cabeza y a veces deseaba ser alguno de ellos, los veía sin problemas, tranquilos y podían cambiar de rol en cualquier momento, totalmente ventajoso para no creérsela, para gozarse cada personaje con sus pros y contra.

Con frecuencia visitaba la biblioteca de su colegio, para prestar uno o dos cuentos y se los leía en sus ratos libres; le gustaba leer porque ingresaba a otros mundos y lo hacía con gran facilidad, sentía que podía explorar nuevas formas de hacer las cosas, concebir el mundo distinto, amar cada cosa y condición de la existencia, comprenderla desde su esencia, con ello entendía, lo diverso que es cada ser, lo relevante de cada historia.

Cuando leía cuentos con finales tristes o catastróficos, inmediatamente enviaba luz a esos lugares donde se hubiera desarrollado la historia así fuera inventada, lo recorría con su mente enviando luz e imaginando que se sanaban esas situaciones, desde su corazón, cada dolor, tristeza, sufrimiento, impotencia que habían padecido cada personaje, esto lo llenaba de tranquilidad y de paz, saber que fuera real o no, los personajes estarían mejor en sus vidas.

Era un niño que le gustaba tener muchos amigos, pero no era tan fácil para él tenerlos por su modo distinto de ver el mundo, era un niño que veía todo con otros ojos y no encajaba con los demás niños, lo miraban raro, bromeaban de las cosas que hacía y decía, además no era tan ágil físicamente como los demás, por eso, aunque jugaba a las escondidas, corría pero lo alcanzaban fácilmente y lo desanimaba saber que hacia su mejor esfuerzo para divertirse y no dejarse descubrir pero, no surtía efecto.

Peor se ponía el panorama cuando era él quien debía alcanzar a los demás, era una labor medio imposible, eran muy rápidos sus amigos y a él, normalmente, le tocaba volver a contar en el juego, cosa que no lo hacía sentir bien. Por ello, muchas veces evitaba entrar en estos juegos que se volvían eternos y repetitivos, además les causaba mucha risa a sus amigos que él siempre quedara porque todos se liberaban. Aun así, que no le gustaba ni se divertía, seguía jugando para sentirse parte de un grupo y sentir que era aceptado ante los amigos.

Esto reforzaba lo diferente que era respecto a los demás, por más que lo tratara de ocultar era una tarea casi imposible, quedaba sólo aceptarse, entender que era diferente y que su lugar en el mundo ya estaba, ya tenía un espacio, no debía ganarse nada ni ser reconocido o aceptado, pero solo sucedería luego después de insistir en ser integrado y tratar de ser como ellos, hablando los mismos temas; opinaba, para luego soportar un vacío que lo inundaba, sabía que esos temas no los quería tratar, quería contarle al mundo lo que sentía, lo que veía, mostrarles un nuevo mundo, y aunque no lo hacía porque sabía que no caería bien, que no era el momento, tenía siempre la certeza que algún día, podría decir todo lo que tenía para decir, poderle contar al mundo, una forma nueva de ver la realidad, entender de dónde somos y a qué vinimos; podernos acercar a otros mundos Inter dimensionales con facilidad como cuando abrimos una puerta para ir al baño o para entrar al cuarto para descansar.

Su vida iba transcurriendo entre juego y juego, ilusión tras ilusión, soñando que todo sería mejor en el mundo, que las personas se amaran, deseaba que el ego fuera parte de una historia pasada, que solo nos dejáramos llevar por la voz del corazón y nuestros sueños se cumplieran, que **confiáramos que todo siempre está bien y que las cosas que suceden son las que deberían suceder**, que todo llega por un propósito de aprendizaje y que todo pasara, así como ha llegado. El niño divagaba en estos pensamientos, tenía la convicción que el día menos pensado muchas personas en el mundo o, quizá todas, se comunicarían a través de sus corazones; intuitivamente, vivirían en armonía buscando que cada persona esté bien, la solidaridad sería esencial en la vida de las personas.

No entendía por qué los adultos maltrataban a los niños, pensaba que era un acto de cobardía, usar el tamaño y la autoridad sobre seres más pequeños e indefensos, no aceptaba por ningún motivo los golpes, sabía que podría enseñar u orientar de una forma menos violenta; los niños están en un aprendizaje y los gritos y golpes los inhiben, los vuelven inseguros; es más, tienden a repetir la violencia cuando crecen, por eso consideraba que a nadie se le debía pegar o maltratar no importa cuál sea la razón que se tenga para hacerlo.

En una ocasión su madre le estaba pegando por algo que había sucedido y a los ojos de ella estaba mal hecho, le pegó con una correa, para sorpresa de ella, Talib no sentía dolor en el cuerpo, solo la miraba a sus ojos y sintió que ingresaba a esa mirada, se metió tan profundo de ella que vio en su interior que tenía mucha rabia por una circunstancia pasada de su vida pero no con el niño, él solo fue el elemento que sirvió para lanzar hacia fuera la impotencia, tristeza, y su amargura por la situación vivida. Cuando el niño sale de este estado meditativo, su madre no podía mirarlo a los ojos, se sentía observada, su hijo le había descubierto su dolor profundo, lo supo con el silencio y la mirada del niño, de una le dice que se vaya para el cuarto y él tarda en reaccionar, pero con una nueva orden de su madre corre a su cuarto a esconderse, y lloró, lloró, lloró mucho, no por el dolor en el cuerpo que era casi imperceptible, sino que lloraba por cada ser humano en la Tierra, lloró porque no entendía los golpes a un niño para liberar cargas antiguas, dolores infundados no sanados que salen en el vaivén de un grito o una irá con un pequeño.

Se cuestionaba cómo podría ser esto cierto, pensaba sobre lo sucedido, pero no con el ánimo de juzgar a su madre, lo veía a otro nivel de una manera macro. Analizaba en el sentido de la violencia, y más con los niños, porque pegarle a un niño, para desahogar sus fracasos o porque algo no les funcionó; porque castigar con dolor cuando hay tantas formas de orientar sin violencia, sabía que esto se debía mucho a la forma como culturalmente se había criado a las personas, las cuales repetían comportamientos aprendidos, era una época en el que se corregía a través de la represión, el miedo y el dolor, esos niños crecieron y recrearon la información, compartiendo con sus hijos las mismas enseñanzas, solo sería en otra generación cuando se tomara conciencia de que se podía hacer de otra forma y comenzaran a buscar los padres y la sociedad en general otras formas más amables de encaminar, guiar y corregir en los casos que se requiriera.

Pensaba que la mejor forma de orientar era a través del amor, mostrar el camino del respeto por el otro, de aceptar la diferencia y aprender de ella, soñaba lo bonito que sería dejar ser al otro en su máxima expresión, que lograra mostrar su potencial y donarlo al mundo, ofrecer sus dones para beneficio de todos. Talib se hacía muchas promesas a sí mismo, como el comprometerse nunca alzar la mano contra nadie, para hacer daño, lastimar, aporrear, pegar, solo lo haría para abrazar, lanzar un beso, hacer una señal de aprobación, aplaudir, crear con sus manos a través del arte, entre miles de formas de manifestación de cariño hacia otros.

Es ahí cuando aquel niño comienza a ver cómo en el mundo hay casos de maltrato, se odian entre sí, se asesinan, crean guerras, solo por sacar de sí su dolor, su angustia, desespero, tristeza, su amargura, y lo desahogan a través del dolor del otro, es ahí cuando Talib comienza a entender de lo inocuo de las luchas, de los odios, de manifestar tanta tristeza que viene caminando por la Tierra durante eones, se le cobra a los más débiles e indefensos cosas que no les corresponde.

Solo es más tarde, cuando transcurre el tiempo que el niño entiende que en últimas el otro me incomoda porque es mi espejo, me recuerda lo que no he sanado, me recuerda lo que está allí esperando tener la atención para liberar el dolor y sufrimiento, y así ser sanado desde donde se haya originado. **La sanación ocurre cuando reconocemos en el otro la unidad,** recordar que todos somos uno y solo el otro es un personaje que me alerta de lo que no quiero ver en mí y necesita ser sanado y restaurado, por ello **los aprendizajes son la esencia del crecimiento espiritual**, entre todos sanamos, el otro me ayuda y a su vez le ayudó a superar condiciones dolorosas o desafiantes desde lo que soy te recuerdo que eres mi esencia y yo la tuya, entre más duela, más incomode o moleste, más reconfortante es la liberación de pensamientos e ideas.

Las ataduras se sueltan y experimentas la fluidez y el amor por el otro, lo reconoces como tu igual y agradeces de permitir la enseñanza. No importa lo que tardemos en entenderlo porque el tiempo es perfecto, todo llega en su momento, pero llega y cuando hacemos esa conciencia sobre lo que representa el otro que en últimas soy yo afuera; por fin se comprende que soy responsable de mis pensamientos, de lo que me sucede, de lo que creo con mis palabras y mi mente. Es una alegría cuando ya no busco más culpables, porque, por fin entiendo que **la culpa no existe**, solo son experiencias que cada alma eligió para su propio crecimiento y el del colectivo, es decir, cuando sano y me libero, también lo hace la Tierra y sus ocupantes, por ello, la importancia de hacerme cargo de lo que me corresponde.

Tantas cosas que iba descubriendo Talib a medida que crecía, una cantidad de momentos que lo fueron marcando y le permitieron entender que nos dejábamos llevar por una serie de emociones, sentimientos, suposiciones, que nos introducen en un laberinto sin salida, oscuro y lleno de obstáculos, dudas, egos, mentiras, manipulaciones, opresiones y hasta esclavitud a muchos niveles, que en últimas eran necesarios para experimentar desde la oscuridad, la verdadera luz del corazón, entre más de noche, más el alma se conecta con su esencia y comienza un proceso de limpieza en la que prima la voz del alma.

La guía celestial, ángeles, maestros, protectores que están pendientes de cada paso, esperando la señal para poder intervenir y mostrar el camino de luz, pero solo ocurrirá cuando el alma esté dispuesta y permita la ayuda, ya que los seres de luz jamás podrán intervenir si no es solicitado por la persona ya que **siempre prima el libre albedrío**. Tenía la certeza que el mundo, su mundo, cambiaría para mejor, soñaba que algún día se levantaría y vería a todos como si tuviera otros lentes, quería imaginar que vería solo caras alegres, seres comprometidos con ellos mismos, amorosos y cuidadosos en su actuar con ellos mismos, con los demás y su entorno.

Parte de sus sueños de niño, Talib deseó siempre tener una casa para sus muñecos, sabía que sus padres no se lo podrían comprar porque eran costosos y se los veía solo a niños considerados "los ricos del barrio" y sabía que el llamado "niño Jesús" o "Santa Claus" traían regalos sencillos, por ello, sabía que debía conseguir el dinero por sus propios medios.

Comenzó a ahorrar en una alcancía en forma de ardilla, todo lo que sus padres, tíos o familiares le daban, lo dejaba en aquella alcancía siendo muy constante, por alguna razón que no entendía, la alcancía nunca se llenaba, lo inquietaba pero no le daba mucha importancia, a medida que crecía, la compra de la casa perdía valor ya que comenzó a ver otras prioridades, por ello, decidió, abrirla luego de ahorrar durante un período de tiempo bastante amplio, sin lograr completar el dinero para la casa de muñecos y se lo gastó en un vestuario para él.

Su sueño, a pesar de que parecía desvanecerse, estaba presente en su interior, sabía que ya no compraría esa casa, pero como en este lugar llamado

Tierra **todos los sueños se cumplen**, años más tarde, Talib tendría su propia casa, en la cual viviría, hermosa, con una decoración a su gusto, tal como la había soñado. Es ahí cuando sale a la luz la verdad de su alcancía, un amigo de la infancia había estado sacando dinero para comprar dulces, lo hacía con toda la inocencia, desconociendo el sueño del niño y por otro lado no había entendido que robar podría afectarlo y tenía unas repercusiones a nivel energético, pero que de igual forma podrían ser reparados sus efectos.

Su amigo tuvo el valor de contarle la verdad: que había sacado el dinero en repetidas ocasiones y que por esta acción el no habría podido comprar la casa que había soñado de niño. Este se rio y se divirtió descubriendo lo que realmente había sucedido; tranquilizó a su amigo y le dijo que habían sido cosas de niños y que la vida lo había bendecido con una casa para vivir cómodamente, diseñada a su gusto y que le permitiría ser su techo durante muchísimos años. Se abrazaron y liberaron toda carga emocional que pudiera contener ese acto, pero el niño era muy astuto, sabía que esta situación era para algo, para entender algo más de su ser y tener un nuevo aprendizaje.

Analizó la circunstancia a través del silencio de su alma, y honró a su amigo, pensaba y se decía para sí mismo: qué valiente es mi amigo, contar algo que podría dañar su imagen o hacer que la amistad se dañara, pero en realidad fue un guerrero, contar la verdad y enfrentar una situación que había hecho a su modo de ver mal y que hizo daño a otra persona, lo cierto es que Talib no podía esperar menos de él, sabía que su amigo era un ser maravilloso y agradeció su valor, porque reflexionó sobre lo que las civilizaciones anteriores: que estarían envueltas en carencias de pensamientos y acciones que arrasaban generaciones enteras, unas tras otras, donde la escasez era la compañera permanente de todo el que nacía y no se daba la oportunidad que cada ser eligiera el camino; de una estaba metido en el fango de la escasez y la miseria mental, era una espiral sin salida aparentemente.

Una generación con pensamientos de que el dinero no alcanzaba, que no se debía gastar con miedo a perderlo todo, es un principio de la no abundancia, ya que esta es la creencia que siempre tenemos lo que necesitamos y el universo provee lo necesario: Qué hermoso es cuando entendemos que **la abundancia es infinita y para todos sin excepción**, es inagotable para quien se alinea con su vibración, a pesar de que todo ser que nace en el planeta tiene el derecho del nacimiento de la abundancia, todos nacemos con el poder de crear una existencia llena de gozo y felicidad.

Tener la convicción que cada ser en el mundo crea su propio universo, decide cómo vivir y adicional se tiene la posibilidad de elegir la abundancia en lo económico, en la salud, en el conocimiento, en todo lo que necesitamos, solo está en cada persona **vibrar en confianza que todo estará bien y nos llegará lo que nos corresponde por derecho de nacimiento**, o si decide, por el contrario, vibrar en miedos, eso atraerá, pero entendiendo que la acción de confiar, sin saber que será o como será, nos lleva a recibir bendiciones y sorpresas, nos llegan las cosas tan esperadas pero de formas ni imaginadas, saber que no estamos solos, que tenemos todo a nuestra disposición, que los recursos son infinitos. Si así lo vemos, sentimos y pensamos, eso mismo atraeremos para nuestra vida.

Por eso nos preguntamos constantemente cómo hacen las familias adineradas por generaciones, unas tras otras manteniendo sus recursos; se multiplican y cada generación posee más abundancia en todo el sentido. La clave está en que ellos no solo transmiten a sus hijos dinero, cuentas bancarias, negocios, sino que también les transmiten un pensamiento y una creencia que los lleva cada vez a sentirse que pueden tenerlo todo, los inyectan de pensamiento positivo, vibrando en abundancia y muchas de esas familias enseñan, aparte de esas buenas costumbres de conservar sus recursos, el respetar al otro, incluirlo, pensar que son personas y valen, independiente de sus propiedades o estudios, enseñan a no sentirse más que nadie bajo ninguna circunstancia, aprenden que todos nos necesitamos y que debemos valorar a cada uno por lo que son.

Es así como en otros casos, los linajes transmiten sus mensajes de miedo, carencia, odios, venganzas, dolores, enfermedades; generación tras generación lo repiten sin cesar, autómatas inconscientes, es un paradigma que se repite sin analizar y todos se preguntan, pero por qué estamos tan mal, por qué tantas desgracias en la familia, acaso no existe un Dios que nos ayude, acaso exterminarán toda nuestra familia, porque nos quieren destruir.

Lo escuchamos a menudo de personas que viven estas condiciones, piensan que es una maldición que ha caído a sus familiares, sin pensar que son ellos mismos que lo generan con cada acción, palabra que pronuncian y cómo siguen repitiendo los patrones de sus ancestros, hasta que alguien, un valiente, decide cambiar el rumbo. Al principio no le será nada fácil, pero tendrá que ser fuerte y perseverante, se enfrentará a un nudo de creencias que tendrá que desatar con calma y paciencia, pero lo logrará contra viento y marea lo hará, así son las almas iluminadas, son bondadosas y no se rinden hasta lograr llevar la luz, no les importa por lo que deban pasar porque su propósito es superior a cualquier situación del mundo, ellos vibran en amor y saben que el dolor es solo físico pero **la luz lo sana todo.**

También se tienen linajes más sanos que transmiten a sus miembros de la familia el amor, la confianza, el respeto por el otro, la abundancia, la solidaridad, la salud, el bienestar y son linajes que se convierten en ejemplo para muchos, son prósperos y no solo se nota en sus recursos, sino que físicamente demuestran estar muy vitales. Es así como se va transformando el mundo, se comienza por uno mismo, cambiando sus comportamientos, transmitiendo esperanza y el buen vivir a su descendencia y de esta manera reflejan en el exterior y contagian su entorno de vibraciones de amor y luz.

2. Talib, su familia y amigos

Talib tenía dos hermanos, el mayor llamado Dhahak y el menor llamado Qui, ambos hermanos eran muy importantes para él y trataba de protegerlos y cuidarlos enviando ondas de luz y protección, los amaba con toda su alma, sabía que tenían sus aprendizajes pero él quería que no les pasara nada, que su vida fuera llena de abundancia, felicidad, que sus sueños siempre se cumplieran y oraba para que así fuera, lo mismo que a su madre Tadamin y su padre Mathabir, les deseaba larga vida y prosperidad en sus caminos.

La relación con su hermano mayor Dhahak, fue muy buena, muchas experiencias llenas de aprendizajes y vivencias fantásticas, fue el hermano mayor que cualquiera pudiera soñar. Lo cuidaba, lo protegía, jugaban y eran muy amigos, Talib agradecía su existencia porque lo hacía reír mucho, su hermano tenía la chispa para hacer bromas e ingeniarse juegos divertidos, siempre tenían motivos para reír, y hasta para discutir.

Tenía algo que era un poco molesto para el niño, su hermano era muy demandante y quería llamar la atención a cada rato, llamaba al niño para que viera los programas de televisión que él quería ver, le pedía que se quedara parado mirando cómo hacía algo, por ejemplo, una manualidad o cómo jugaba con sus muñecos, o cosas riesgosas para su edad, ya que tenía, en ese entonces, una habilidad y agilidad para subirse a los árboles muy altos o brincar entre rejas, cosas que para Talib eran impensables.

Lo cierto es que Dhahak siempre tenía buenas ideas para jugar y era bastante ingenioso, suspicaz y valiente, cosas que Talib no era su fuerte, se dejaba llevar por las ideas magnificas de su hermano mayor y jugaban en la mayoría de las veces lo que él proponía, aunque al rato de estar divirtiéndose, notaba que el juego tomaba un rumbo poco chévere, sus roles terminaban siendo el de menor rango, como cuando jugaban banco, su hermano se tomaba la vocería del rol del gerente y el niño pasaba ser entre cajero, secretario o el que traía los tintos.

Si bien se divertían, era inevitable que su hermano sacara de lo más profundo sus rasgos de mandamás, y ahí comenzaban las peleas porque Talib no soportaba el abuso y la imposición, prefería hacer juegos de consenso y que todos fueran felices pero esto no siempre era como él lo soñaba y eso fue aprendiendo en la medida que crecía, y se encontraba con muchas actitudes de las personas que inevitablemente él terminaba ingresando a esos mundos del ego, era casi supervivencia hasta que fue entendiendo que no era necesario sumergirse en estas condiciones las cuales podía manejar con tranquilidad y conciencia.

Aun así, con diferencias en los juegos, los hermanos eran muy felices, a medida que comenzaron a crecer iban mejorando sus encuentros, al principio eran juegos, luego ya eran salidas a fiestas o reuniones y como Dhahak tenía muchos amigos, los cuales conservó aún en la edad adulta. Casi siempre convidaba a su hermano a salir con él cuando tenía un encuentro con sus amigos, ya fuera un cumpleaños, o cualquier celebración. A pesar de que el niño era más pequeño en edad, le gustaba estar con los amigos de su hermano porque se divertía más que con los niños de su misma edad. No le decía a su hermano, pero agradecía mucho que lo llevara a sus salidas y fueran a esos lugares a conocer otras personas, eso le gustaba mucho al niño, a pesar de que era bastante tímido, él amaba conocer gente nueva y divertida.

Comenzó a entender muchas cosas, como, por ejemplo, los temas entre mujeres estaban basados en conversaciones sobre lo que hacen, lo que se ponen, o hablaban de otras personas sobre sus comportamientos, también a veces ocurría que había pasado algo con otra persona y sus amigas se solidarizaban entre ellas y comenzaban inconscientemente odios colectivos.

Por su parte cuando estaba con hombres sus conversaciones estaban más dirigidas a los deportes, situaciones acontecidas que les permitieran reír de lo ocurrido, si alguien estaba involucrado trataban de reír delante de él buscaban el momento que estuviera presente para que se diera cuenta que se estaban burlando de él; esto, en la mayoría de los casos, no genera enemistad entre ellos.

Pensar que este actuar de uno o del otro era malo, no era precisamente lo que se le pasaba por la cabeza a Talib,; él solo analizaba los comportamientos para entenderlos, para saber cómo jugar el juego de la vida, entender qué decía, cómo y en qué momento era el apropiado, esto le enseñó cosas como entender que a las niñas no les gustaba juegos pesados o que se rieran de ellas,; por tanto, él evitaba a toda costa comportarse con ellas de esta manera o simplemente hablaba de lo que ellas hablaban, era como una especie de camuflaje, se permeaba y así aprendió mucho de cada una de las personas con las que se relacionaba, lo mismo hacía con sus amigos, si bien no sabía mucho de deportes se interesaba por las conversaciones y buscaba información para poder participar con comentarios.

La naturaleza humana está llena de símbolos y paradigmas que se van transmitiendo, a través de la familia, amigos, el colegio, las instituciones, y todos hombres y mujeres comienzan a tener comportamientos adquiridos, que los ven o que los replican porque les han dicho no hables de esto o no pienses eso o no actúas así, es una enajenación de la esencia, la sociedad alinea, busca crear seres homogéneos, manipulables, con poco criterio, para que puedan perdurar dentro del sistema (eso es lo que nos hacen creer).

Pero Talib sabía que había algo más, que lo que nos habían mostrado, algo que estaba detrás de un telón, oculto en cada ser, esa chispa, esa información y sabiduría única, ese conocimiento ancestral que se podía poner al servicio de todos, los dones y cualidades que sirven para que en el mundo se viva mejor, cada uno desde su esencia, desde eso único que lo distingue en comportamiento y en la forma de ver el mundo, pero que proviene de la misma fuente, **somos multidimensionales, seres capaces de crear mundos, de vivir tal como hemos soñado**, seres con todo el potencial de hacer llover, o que salga el sol, seres que despiertan del letargo y comienzan a vivir en paz con ellos mismos y perdonan su entorno para caminar en la luz y la verdad del corazón. Soñaba que algún día cada ser reflejaría su luz, su ser tal cual era sin máscaras, ni ideas preconcebidas solo actuando desde la voz de su corazón.

Era extraño a veces el comportamiento del niño, a los ojos de los demás era “raro” así a veces lo catalogaban, algunas personas no se sentían cómodas a su lado, les recordaba un lado de ellos que no querían ver, un lado que parecían traer más recuerdos de miedo que de felicidad. Talib, era un niño que le gustaba mucho jugar, pintar y crear fantasías, pero a la hora de estar con otros podría tener comportamientos de distanciamiento, de distraído, en otras galaxias como lo expresaban algunos amigos, él está en Pandora y se demora para volver, el solo sonreía, los veía con amor, entendía que no era fácil para los demás comprender muchas cosas que ni él mismo había asimilado, sabían que estaban ahí pero aún no sabía cómo digerirlas.

Fue entendiendo entonces que podía estar compartiendo con otros siempre y cuando estuviera cómodo, tranquilo de lo contrario debería salir de inmediato del lugar, esto le permitía protegerse de energías provenientes de temas que movilizaban otras frecuencias negativas que él no soportaba, lo debilitaban, perdía las fuerzas y por ello después de caer muchas veces e intentar encajar se quedó en lugares que no estaba cómodo y después era peor la recuperación, entonces comenzó a identificar cuándo debía quedarse y cuándo no,; aun así había momentos que, así quisiera, debía permanecer en el lugar, como en el colegio, entonces desarrolló mecanismos para protegerse de esas hondas de negatividad que los seres humanos emanan inconscientemente o los lugares pueden estar cargados de negatividad por alguna razón.

Igual para él todo era divertido, hasta este juego, entonces trataba de maniobrar cualquier circunstancia para intentar que no notaran su diferencia, buscaba siempre permearse con tal de sentir que tenía amigos. Con el paso del tiempo, estas sensaciones de querer encajar desaparecen y solo es, en cada espacio con sus conversaciones, su manera de ver el mundo y fue logrando que a pesar que lo seguían viendo "raro" o diferente, fue permeando algunos espacios, personas que poco a poco lo fueron aceptando y hasta les fue pareciendo chévere ciertas formas de ver las situaciones, la tranquilidad con la que veía lo que le pasaba, o los comentarios de calma que hacía frente a hechos de la naturaleza y que pensaban que era el fin de la Tierra, pero él siempre dio un halo de aliento para que el miedo no se apoderara de sus seres y que aprendieran a vibrar en amor y escucharan la luz del corazón.

A pesar de que pasaban tantas cosas por su cabeza, siempre prefería estar con los amigos de su hermano mayor, que, con los niños de su edad, porque podía hablar de temas y cosas que sin ellos entender mucho lo escuchaban, se interesaban por aprender y conocer esas cosas extrañas que él les hablaba, con los niños de su edad permanecía en silencio, no encontraba muchos temas y solo los escuchaba.

Él siempre vio a su hermano como alguien leal, buen compañero, amigable, cómplice, y aunque mantenían buenas relaciones, ya adultos, se fueron distanciando porque en la medida que Talib conseguía amigos, no los relacionaba con su hermano mayor y este comenzó a darse cuenta que era el momento de permitir que su hermano continuara su camino con otras personas y tuviera muchos aprendizajes pero siempre buscaban la forma de contactarse y acompañarse algún lugar para poder estar juntos y saber que contaban con el otro cuando lo necesitaran. Por eso para el niño su hermano era el mejor hermano mayor que podía haber tenido alguien en el mundo.

La familia del niño pasó por una crisis económica, Talib vivió unas experiencias inolvidables, fueron escenas que agradece infinitamente haber vivido, si bien no las entendió en ese momento, luego tomaron toda la relevancia. El padre del niño, Mathabir, tuvo que ausentarse del hogar para viajar a otra ciudad porque había perdido su empleo y se fue en busca de oportunidades nuevas, aprovechando que su hermana se encontraba en aquel lugar le podía ayudar a conseguir algo con sus conocidos.

Así fue, como consiguió un nuevo empleo y desde allí, enviaba lo que podía para su familia, para los gastos mensuales, que iban entre los víveres, colegios, transporte, entre muchas cosas más, también se debían comprar muchas cosas para el hermano menor que por ese entonces estaba recién nacido. El hermano menor llamado Qui, mostraba una destreza que en su corta edad ya se lograba identificar una fuerza física superior a muchos de su edad, a medida que fue creciendo fue incrementando esta virtud.

Un día, cuando ya no había nada para comer en la casa de Talib, la madre le pide que vaya a la tienda del barrio y trajera un mercado más o menos completo, y que dijera que lo anotaran que sería pagado el fin de semana, el niño fue sin problema porque ya lo habían hecho en otras ocasiones y siempre tenían una actitud positiva por parte de los dueños, hasta el momento no se habían atrasado con los pagos, doña Graciela siempre los atendía así no le gustara mucho tener que fiar.

El niño se dirigió hacer la tarea y traer el mercado, con la esperanza de poder llevar los víveres a su madre, ese día encontró otra actitud de la dueña, no era esa condición formal y dispuesta para atender, sino que estaba molesta, incomoda, a la defensiva, agresiva y bastante cortante y con una frase "no puedo fiar más" señalando su cuaderno de apuntes, para el niño era imposible lo que estaba escuchando, para él todo se podía, normalmente no aceptaba un no por respuesta, sabía que todo era de actitud y de querer hacer las cosas.

Intentó persuadirla sin tener éxito, le rogó que le ayudara que sus padres cumplirían el pago como siempre lo habían hecho, le suplicaba que confiara, pero no fue posible, al chico no le quedo más de otra que irse de aquel lugar y se sentó en un andén a pensar, se preguntaba a quién le podía pedir el favor de dinero o algo para comer esa noche, al menos poder llevar leche, o panela para el tetero de Qui, que estaba pequeño y solo tomaba tetero o a veces un poco de comida.

Pasaron unos minutos donde el niño se perdió, dejó hasta de pensar, entró en un estado de quietud y en parte de calma, su mirada era fija y su pensamiento casi cero, estaba sentado en una piedra, trató de buscar respuestas, hasta esperaba y deseaba que su silla le dijera qué hacer, no quería llegar a su casa y que su madre se angustiara, bastante tenía con lo que tenía qué hacer por la circunstancia que estaban pasando. Se le cruzó un pensamiento de ir donde un vecino, muy seguramente le hubieran dado se caracterizaban por ayudar a los demás, pero algo le decía que no lo fuera hacer, en parte porque sabía que sus padres no lo hubieran aprobado porque le habían inculcado que sus vecinos no se deberían dar cuenta de la condición por la que estaban pasando y menos acostumbrarse a pedirles.

Luego de un rato, no se sentía bien, una sensación nada cómoda, debía tomar las fuerzas para volver a su casa y decirle a su madre lo sucedido pero debía encontrar las palabras adecuadas para que su madre no se preocupara, su mirada seguía perdida, sintió un abrazo, un calor recorría por todo su cuerpo, cada vez sentía más tranquilidad y confianza que todo estaría bien, que confiara, solo eso, confiar de que no estamos solos y que algo pasaría para solucionar el impase, una fuerza que no sabía que tenía comenzó a sostenerlo a ayudarle a pararse y enfrentar la situación, emprendió el camino y sintió que estaba mareado o como si caminara en el aire, no tuvo conciencia del cómo pudo llegar ya que su mente estaba aún perdida pensando en su hermano menor, se preguntaba qué le podían dar para comer esa noche, y con qué se podía reemplazar la leche.

Por fin llegó a su casa, tocó tres veces la puerta, su mamá estaba preocupada, ya había pasado mucho tiempo y él sin llegar,; de una le abrió, como quien está parado en la puerta esperando que alguien llegue, cuando abrió la puerta Talib la miró con sus manos vacías y conteniendo el llanto, todo lo que había imaginado decir no pudo, sintió mucha angustia no poder llevar la comida, su madre lo observa de arriba abajo y le pregunta que había pasado, el niño respira aun sin llorar y parafrasea lo que le había dicho doña Graciela, dijo que "no puedo fiar más", la madre titubea un poco, y logra sacar una fuerza y una actitud de tranquilidad para el niño, respira y con una sonrisa le dice no te preocupes, encontré algo en la alacena y en la nevera, es algo que nos sirve para la comida, el niño dice entre sollozos, "y el tetero de Qui?".

"Imagínate que también tengo algo. Ven y mira" le dice su madre. Ella sabía que él no creería si no lo veía. Fueron a la cocina y, para sorpresa del chico, vio una cocina en movimiento, su madre mágicamente había encontrado muchas cosas para preparar, no sabía de dónde porque antes de ir a la tienda no había

nada qué preparar, la felicidad lo inundó, no soportó más y unas lágrimas rodaron por su rostro, no quedaba más de otra **solo un milagro lo había logrado**, era solo confiar que todo sucedería sin el control que él quería tener.
Esa noche comieron bien y su hermano menor también le pudieron dar su tetero, su corazón se ensanchaba de alegría, solo quedaba agradecer, sentía en lo más profundo de su ser que esto podría ser **el principio de la abundancia**, era soltar, confiar que sucedería lo perfecto, soltar el resultado, era magia, salió de la nada un montón de comida que no estaba a los ojos de ellos, pero al cambiar un pensamiento, la actitud frente a la situación podía cambiar una "realidad". Posteriormente, aprendió que otro principio de la abundancia era la gratitud, agradecer antes que sucediera.

Pasó mucho tiempo tratando de entenderlo, pero no encontraba respuestas lógicas, científicas que dieran claridad a tan magna experiencia. Así somos, queremos tener respuestas que nos llenen desde lo racional, sino encaja en una realidad física conocida y experimentada difícilmente podemos captarla o aceptarla, pero estas experiencias no podrían explicarse desde lo racional es más, no pueden explicarse desde ningún punto de vista, solo **agradecer,** el cual es el elemento principal para atraer la abundancia y que llegue lo que pedimos, dar gracias por lo que aún no ha llegado permite que llegue sin darnos cuenta, es más, sin esperarlo, creer que ya llegó para quedarse.

Un día Talib ya adulto, tuvo la oportunidad de entender lo que había sucedido aquel día de verano, cuando experimentaron la abundancia en su hogar. Estaba sentado en un jardín observando el comportamiento de los animales, el movimiento de las plantas, de un momento a otro, sintió que estaba en otro lugar, todo el escenario, comenzó a ver una especie de televisor gigante, allí comenzaron a pasar unas imágenes que le permitieron entender lo que había sucedido aquel día cuando era niño, al salir de la tienda y sin saber qué hacer, se sentó en un andén a pensar qué le diría a su madre.

Cuando vio la imagen de nuevo y recordó este día, entendió que la magia sí existe, comprobó que **no estamos solos**, que la existencia divina es real, que debemos confiar siempre sin ninguna duda, confiar que todo saldrá bien y que tenemos asistencia de seres invisibles, que nos ayudan y están pendientes de la más mínima señal que les hagamos o que pidamos su asistencia,; ellos actúan sin límite; entienden que para todo tenemos una salida, aunque a veces no ocurre, cuando queremos, a veces tarde, según nuestra perspectiva, sucede en el día perfecto. **Agradeciendo todo se manifiesta.**

Estaba allí en el jardín concentrado y unas imágenes aparecieron en una especie de pantalla de televisor que apareció de la nada y al ver la imagen del niño vio que alguien como una luz muy blanca envolvía aquel niño y le daba paz, tranquilidad, lo llenó de fortaleza para poder ir donde su madre a enfrentar la situación presentada con doña Graciela, comenzó a sentir mucha gratitud en todo su ser, era como si cada célula de su cuerpo, cada milésima de su ser recibiera unas hondas de bienestar y de amor.

Le recorría un frío por el cuerpo que no podía parar y tampoco lo deseaba hacer, quería sentir esa sensación única e irrepetible pero que deseaba seguir sintiendo por siempre, era algo que no había experimentado, comenzó a ver una lluvia de una especie de partículas pequeñas brillantes de color dorado que caían desde el cielo y cubrían todo su cuerpo, podía verlas, era como si se introdujeran en su cuerpo, se sentía muy placido, era un éxtasis total la sensación que le producía.

Comenzó a sentir deseos de enviar esas sensaciones, emociones y todo lo que veía comenzó a esparcirlo por todo el universo, en cada lugar de la Tierra, a cada habitante del mundo, se percató que no solo llegaba a esta esfera, enviar abundancia al universo entero o cuando oras en favor del bien de todos permite que se penetraran campos dimensionales que afectan tu pasado, presente y futuro, y sintió que pedía que todas las personas que estuvieran pasando un momento de dificultad se llenaran de abundancia y sentía cómo las abrazaba sus luz y caían las partículas doradas.

En ese instante, en ese gran televisor, le mostró a un niño que estaba sentado en un andén pensativo, cuando lo miró detenidamente vio que era él mismo en el pasado, recordó aquel día que no pudo llevar la comida a su casa, y le pudieron llegar las partículas doradas, podía ver cómo le caían y lo reconfortaban, también vio cómo la luz lo rodeaba y lo llenaba de paz.

No podía creerlo, al **enviar luz y bendiciones en todas las direcciones del tiempo**, podía ver cómo le llegaba esto a él mismo siendo niño y coincidía con que ese día el niño había experimentado una condición inolvidable llena de magia y alegría. Lo que le indicaba que estando en el pasado él mismo recibía frecuencias vibratorias de abundancia y mágicamente se manifestó en su vida. Lo que corroboraba que no estamos solos, nos acompañan seres de luz y fuera de eso podemos acompañar nuestro yo del pasado, sanarlo y llenar de alegría el futuro solo con enviar frecuencias de amor y luz en toda la Tierra.

Era simple, las sensaciones que el niño experimentó ese día, de algo que lo abrazaba. Era su yo del futuro que por conexiones dimensionales se cruzaron y las bendiciones que envió él del futuro llegaron al yo del pasado, eso corroboraba que **el tiempo no podría ser lineal, es en espiral, nos podemos mover dimensionalmente entre mundos, ir al pasado, al futuro solo con un pensamiento**, podemos cambiar una realidad con solo enviar luz y abundancia, que revelación, todo tiene sentido ahora. Esas noches oscuras que atravesamos los seres humanos y al día siguiente hay paz, no se sabe cómo ni porque, pero se siente tranquilidad, es una manifestación de nuestros seres de luz que nos acompañan y nuestra propia alma mostrando el camino, guiando y diciendo que nada esté perdido, solo es el comienzo de una nueva historia.

En general, Talib debió pasar por circunstancias difíciles para su edad, sobre todo el tema de no encajar, de no tener amigos, los que tenía eran muy pocos, se veía frecuentemente envuelto en situaciones de violencia por parte de algunos compañeros del colegio, como le ocurría con Bryan, que siempre le pegaba y lo molestaba donde estuviera, el chico solo se retiraba del lugar y le pedía que no lo hiciera, trataba de evitar utilizar la violencia, prefería distanciarse, tener el tiempo de recobrar su centro, su tranquilidad y bajarle la voz al ego, bastante que le gusta gritar y alzar la voz, sobre todo en momentos álgidos, donde el ser se siente vulnerado, el ego nos acosa para que respondamos peor que la ofensa, y lo logra muchas veces, nos dejamos llevar por ese mar de ideas destructivas hacia el otro, deseos de exterminarlo.

Pero solo la calma, el silencio interno, permite que el ego no grite, comienza a bajar la voz tanto que es casi imperceptible, y ahí actúa el corazón solo escuchamos sus latidos, su voz suave y tenue, pero segura, certera, ligera y nos libera de cargas, odios y frustraciones. Cuando llegamos a estos estados de conciencia de escucharnos internamente salen las respuestas y son menos relevantes las respuestas violentas porque **entendemos que todo tiene un propósito**, todo está destinado para que aprendamos algo, está en nosotros en tener la valentía de adentrarnos cada vez más y reconocer lo que hay detrás de un grito, una mala palabra, un maltrato y hasta de la indiferencia.

Bryan, era conocido en el colegio por ser muy agresivo y ya había tenido varias peleas con algunos de sus compañeros, les pegaba o decía palabras soeces, encontraba en los demás con quien desahogar esas furias, con Talib era un poco distinto, porque como él no le seguía los maltratos solo los omitía y se alejaba, él sentía que podía hacerle daño si reaccionaba, es así como un día le haló el cabello con tanta fuerza que logró desprender un mechón de cabello, Bryan no sabía qué hacer, fue algo que lo despertó de una inconciencia, el chico podía ver en su rostro la sensación de impresión que le había causado a su agresor. Al ver semejante escena, le devolvió el mechón al chico, este permanecía inmóvil solo sosteniendo su cabeza en el lado del evento y se sobaba; solo miraba a su agresor con tranquilidad.

Llegó a su casa, le contó a su madre y muy angustiada ella, habló con la madre del niño para que hablara con él. Nunca más volvió a molestarlo, lo miraba con vergüenza, pero sin agresiones, algo cambió en ese día, sus comportamientos si bien continuaron siendo fuertes y agresivos, se veía en él una reacción de terror viendo sus reacciones o manifestaciones ante los demás, comenzó a ser diferente, se notaba en la forma de hablar y actuar, aun así, sus amigos lo seguían viendo como una persona "peligrosa", Talib continuaba alejado, lo observaba en la distancia.

Cuando salieron del colegio este niño quiso hacer un cambio radical en su vida y decidió irse a dedicar su vida al mundo religioso, estuvo mucho tiempo allá y realizó cambios muy importantes en su vida; un tiempo después se encontró por casualidad al chico, lo primero que hizo fue alegrarse de verlo y le pidió disculpas por aquel suceso de la arrancada de mechón de pelo, dijo que se sentía muy mal, el chico le dijo que él ya había perdonado esa situación y siempre le deseaba lo mejor, se abrazaron y ambos sintieron que algo muy fuerte se liberaba.

Nunca más se volvieron a ver, pero ese encuentro sanó muchas condiciones de violencia, y **cuando se sana repercute en toda la Tierra**, es un efecto mariposa, un aleteo en una parte del mundo, puede provocar un maremoto en otro lugar, cualquier acción pensamiento, tiene vibraciones y genera movimientos impensables, por ello, al sanar se generan unas hondas alrededor de los involucrados y se pueden transmitir a distancias sanando memorias que hayan quedado en otros lugares o personas.

Un día, otro compañero de colegio, Felipe, estaban haciendo una tarea en los cuadernos y Talib se encontraba al lado de él. En algún momento, Felipe le entierra el lápiz, con el que estaba trabajando, en la cabeza del chico y la punta se quebró, el dolor fue fuerte, esta vez el chico sí se asustó de pensar qué iba a pasar si la punta del lápiz ingresaba a su cabeza, como siempre no le dijo nada a su compañero, ni le respondió con golpes, pensó mucho qué pasaría con lo sucedido, si le haría daño, hasta llegar a su casa que su madre lo revisó y vio que no había ninguna afectación (aunque ella sí le generó mucha desconfianza) él con eso se tranquilizó y oró mucho por su compañero, aun así comenzó alejarse de él.

Sabía que si seguía con él podría sufrir más maltratos que no estaba dispuesto a recibir y que tampoco respondería de igual forma, sabía que la mejor manera de evitarlos era alejándose para retomar nuevamente su centro, recobrar las fuerzas internas.

Talib, a pesar de que el suceso lo olvidó e intentó continuar sin tener rencores ni malos pensamientos, pasados unos años, estando en su quietud meditando, calmando su mente, comenzó a ver una figura pequeña que se le acercaba, parecía que tenía prisa, corría a su encuentro, cuando estaba más cerca, el chico identifico que se trataba de Felipe, estaba aun con el uniforme de aquel entonces, se sonrió y le preguntó a Talib "te sientes bien?", no comprendía la pregunta pero él le dijo que sí, eso ya pasó. Felipe lo abrazó y le dijo que debía irse, dio vuelta y se devolvió con igual prisa como cuando había llegado. Se sintió una liberación y sanación, el niño solo desapareció en la distancia. Entendió qué era una sanación, entre los dos. Su partida no sabía si también era física, solo sabía que se liberaba de algo que había estado allí en el inconsciente, en lo profundo de su ser.

En otra ocasión un joven llamado Johan, comenzó a pegarle a Talib, lo hacía constantemente dentro de las clases, por fuera era muy común que lo hiciera, el chico no respondía como era de costumbre, aun así, un día, luego de recibir la golpiza, se levantó con tanta fuerza que con una mano tomó el cuello de su agresor y lo alzó contra la pared casi dejándolo sin respirar, reaccionó ante aquel suceso, y lo soltó dejando casi exhausto a su compañero, se asustó mucho, podía haberle hecho daño, ni siquiera sabía que podía tener tanta fuerza, solo fue escuchar al ego y ocurrió una transformación en él, se dejó llevar por los instintos y se comportó como nunca había querido, supo que dejándose llevar por aquella voz ruidosa y estruendosa y reaccionó de la peor forma. Su compañero no volvió a molestarlo, casi que fue una lección para él, pero el chico no se sentía muy orgulloso, sentía que se había pasado de límites y tendría mucho más cuidado a partir de ese momento.

Estas experiencias le mostraron a Talib que se había controlado en la mayoría de las circunstancias y había logrado controlar su ego, aun así, con el incidente aquel que demostró su fuerza física, pensó que debía controlar esos impulsos, ya sabía lo fuerte que era físicamente y fuera de eso la sensación de malestar con la que había quedado, no quería volver a experimentarla. Quería seguir con su filosofía de no golpes, que ninguna circunstancia lo amerita, a nadie se le golpea, y estas ideas las ha transmitido a sus amigos y familiares. Profesa que cada persona, está cubierta por un aura de protección que no debe ser violentada, en un espacio único y de cada ser, hay que respetarlo y solo se podrá ingresar siempre y cuando el otro lo permita, es un espacio sagrado de cada ser, que se debe reverenciar, cuidar y no trasgredir, hay que honrarlo y amarlo, pasar esos límites puede ocasionar malestar tanto de quien irrumpe como quien se ve afectado.

Puede causar malos ratos, generar discusiones o malentendidos, es una invasión a lo más íntimo que produce reacciones a veces violentas. Muchas guerras u odios se han generado por invasión de territorios, es una muestra de lo que sucede cuando se violentan espacios privados o que se consideran propios y se invaden sin ser autorizados. Cuando solicitamos el permiso de ingreso, generamos lazos de confianza con las personas involucradas, se generan enlaces, relaciones sólidas, las personas sienten que puede ser como son, no tienen que fingir ante los demás.

Fueron muchos los momentos y experiencias que aportaron variedad de aprendizajes y Talib sabía que todo en la vida llegaba por algo y debía ser interpretado como lo que era, pensar que si era bueno o malo no tenía sentido porque simplemente pasó y así debía ser, es permitir que de cada situación se quede en lo que nos corresponde como aprendizaje, lo demás sería parte de lo que se debe vivir para entender, el propósito del alma, por ello todo llega para ser interpretado, para mejorar comportamientos o formas de ser, es despersonificar el personaje, este aparece para recordarnos que tenemos algo para sanar y transformar.

Todo esto nos permite soltar, sanar, ver a todos y al entorno con amor incondicional, nos ayuda a entender que todos somos uno con el universo, el otro es mi espejo, mi recuerdo vago de lo que soy y me cuesta reconocerlo, la compasión por el otro me permite sentirlo como parte de mí y lo puedo sanar desde lo que soy y no reconozco, es una ecuación básica que ayuda a sanar y liberar linajes pasados o recuerdos ocultos que traemos para ser liberados en cada encarnación.

3. Experiencias que encaminaron a Talib

Durante la niñez, el chico sentía temor cuando se acercaba la noche, se convertía en una tortura ver cómo se iba acabando la tarde, lo llenaba de angustia y a veces terror, ya había pasado por experiencias no tan buenas, sentía que lo observaban, no lograba verlos, pero sentía las presencias en su habitación. Solo le quedaba orar, trataba de acostarse primero que todos, al ver todavía luz de las demás habitaciones, sus sueños eran complejos, tenebrosos y en algunas ocasiones lo hacían despertar a la media noche. Fue en la medida que comenzó a crecer que entendía lo que pasaba y pasó de mucho miedo en las noches a saber manejar cada situación que se le presentaba. En muchas ocasiones quien lo orientó fue el esposo de una tía, su nombre era Dalil, y era quien lo ayudaba a entender esas circunstancias difíciles por las que pasaba y que eran muy confusas para su corta edad.

Se veían a menudo, en las reuniones familiares y también se encontraban con frecuencia cuando Talib salía del colegio y cogía el bus para ir a su casa, Dalil tomaba el mismo bus y se iban todo el camino hablando de cosas cotidianas pero que ayudaban al chico a ir entendiendo cómo podía manejar esas condiciones complejas que aparentemente no entendía ni veía solución.

Dalil era un ser muy especial, lleno de sabiduría y conocimiento, se caracterizaba por ser calmado, lleno de luz, siempre tenía una sonrisa, una palabra amable para las personas, aparentemente ante los demás se mostraba muy sencillo y demostrando poco conocimiento de la vida, se limitaba a hablar temas cotidianos con los demás para no adelantar muchas cosas o hablar de temas "prohibidos" a ojos del común de la gente, le encantaban los diciembres, le gustaba la música y tomar algunos tragos para celebrar; también le gustaba mucho el futbol y lo apasionaba cuando su equipo de ganaba, no era muy frecuente pero él seguía firme con sus sentimientos. En general siempre era así, fiel y seguidor a sus principios, le gustaba vivir la vida tranquila y saber que estaba haciendo las cosas bien, era simplemente lo que lo movía.

Amaba a su familia, tenía dos hijos y una esposa por las que se esmeraba por darles lo mejor que podía, su trabajo era duro y ganaba el básico, aun así se le veía feliz y gozoso por lo que hacía, era un ser que vivía por dar lo mejor a los demás, se caracterizó por su respeto hacia el otro, jamás se le vio con maltrato o enojado con alguien, le gustaba hablar de sus temas pero lo hacía muy cauteloso, sabía que no podría decirlo a todos, por ello se metió por caminos como la quiromancia para leer las líneas de las manos, por ahí salía su conocimiento, aunque era cauteloso al dar una mala noticia, solo decía cosas que los demás se alegraran y se llenaran de vitalidad, le gustaba leer las cartas, y sabía interpretar el tabaco, todo ello lo aprendió en su juventud.

Le apasionaban los temas esotéricos que luego se fueron tornando más espirituales, fueron cambiando la forma de ver la vida, comprendió que el camino de las lecturas, si bien permitía que las personas entendieran algunos procesos de su existencia, este no era el camino para la evolución espiritual, era un desvío inconsciente de la mente, un saboteo al sendero de la luz del alma. (Nos enredamos en temas de adivinación, pero el foco es conocer nuestro interior y llegar al corazón, escucharlo, sentirlo, y saber que es la mejor guía, cuando lo escuchamos las decisiones son certeras, sin conflicto, te sientes en paz y con la confianza que vas por buen camino). Decía que la mejor forma de darse cuenta de que tomaste una buena decisión era saber que estabas en plenitud, que sentías calma, ahí podías saber que, aunque estabas renunciando a algo, no tenías miedo del camino emprendido, había seguridad y lo más importante tranquilidad.

Renunciar a algo, aparentemente causa temor, pero siempre que debemos tomar una decisión, estamos poniendo en juego dos cosas que deseamos pero que en últimas no son compatibles, al conectarnos con el corazón, con la voz de la sabiduría interior, necesariamente iremos por el camino correcto, pero cómo saber si fue decisión desde el corazón o desde el ego ¿(que se presenta tan sutil y ligero y a veces imperceptible) "sencillo- decía el Dalil,- cuando tomas un camino y desde que comienzas ya te sientes incomodo, mirarás para atrás, dudas, sientes que lo que pierdes es más fuerte que tú".

Ahí es el momento de parar, observar y volver a conectarse, muy posiblemente tomaste el camino del ego, que nos dice cosas al oído, más bien nos grita y, como hace más estruendo, lo oímos de primero, de ahí la importancia de acallar la mente, respirar y sentir qué paso sigue. Una vez emprendes el camino del corazón, sabes, por tu paz, alegría de saber que, aunque no es fácil renunciar a lo otro que has perdido, tienes pasos de confianza que te dicen por acá es y la felicidad comienza a tomar el lugar de la duda. Bella enseñanza, para practicar hasta volverse parte de nuestro ser y nuestra existencia, tener la valentía de decirle al ego – baja la voz, estas gritando y no te puedo oír, más pasito, hasta casi que ni sentirlo- ahí realmente te escuchas, te dejas guiar por tu esencia.

Él se interesaba mucho en hablar con Talib, y orientarlo frente a temas relevantes que le sucedían. En una ocasión, una vecina del chico, Lucía, tocó la puerta de su casa y su madre abrió; traía en sus manos tres libros, para sorpresa de Tadamin, la señora luego de saludar, preguntó si el chico estaba, porque le tenía un regalo que para ella era muy especial y tenía mucho simbolismo. La madre no entendía muy bien lo que pasaba y llamó a Talib, dos veces porque a la primera no contestó, el bajó rápido a su encuentro y se dirigió a la puerta donde se encontraba la vecina, se encontró con aquella escena, doña Lucia no soltaba los libros que ya los había puesto debajo de su brazo para asegurar que no serían arrebatados y su madre con cara de no entiendo qué pasa.

Comienza la vecina saludando al chico y dirigiendo su mirada solo a él, le cuenta que al día siguiente se mudaría de casa. En la empacada encontró estos tres libros y los señala, que le gustaría entregarlos a una persona especial, pensó inmediatamente en Talib, le parecía que era un niño inquieto, le gustaba la lectura y sabía que los necesitaba para lo que se le venía, al chico se le iluminaron los ojos y aceptó con la cabeza, no entendía ni qué era lo que se le venía, ni tampoco por qué él era especial, recibió los libros con mucho cariño y los llevó a su pecho.

La señora estira sus brazos señalando al chico, se los entrega y le dice "te los dejo si los quieres de verdad y que me asegures que los vas a leer" él se asustó un poco pero no dudó en decir, si los iba a leer. La señora se sonríe, como quien ha logrado su objetivo, sabía que no se había equivocado en la elección, sentía que era importante para el chico comenzar temas que más tarde, no solo le servirían, sino que aplicaría a cada situación o prueba que se le presentara en la vida.

Se despidieron muy fraternalmente con la vecina deseándole lo mejor en su nuevo sitio que se mudaría, era una mujer grande, de piel morena, de una tez fresca y sus ojos siempre brillaban, tenía contextura gruesa y su aspecto era de una matrona, aun así, su corazón era noble y sencillo, siempre la vimos como una mujer fuerte, la vida le había dado unos cuantos golpes y ella supo pararse, de tres hijos, dos habían muerto a causa de la violencia que se vivía, eran jóvenes sanos, trabajadores, como ella lo mencionaba, y pasaron el día que era cuando en el barrio se armaban tiroteos entre bandas, llevaba a sus hijos en los hombros, se veía su peso, su caminar mostraba que le pesaban pero los llevaba con amor.

Se paró de cada caída sin titubear, sabía que ella era más que cualquier acontecimiento en su vida y eso le dejó al chico: su valentía, su coraje para seguir caminando y llevando luz a cada ser que se le cruzaba, cómo no recordarla, cuando el chico se sentía triste por alguna razón solo pensaba en ella, si ella pudo salir de ese dolor de sus hijos yo podré con esto, se decía para darse ánimo.

El chico corrió a ojear los libros y comenzó con algunas hojas, no dio espera, su emoción era superior a cualquier pensamiento en el momento, no fue fácil entender estos libros, dos eran de metafísica, cómo aplicarla y uno era del guía espiritual San German, pensaba cual sería mejor comenzar, todos a la vez fue su respuesta interna, a medida que avanzaba aparte de no entender nada, sentía adicional una sensación de mareo, continuó leyendo, pero el mareo era más fuerte, no entendía por qué le sucedía eso, era muy lector y nunca le había pasado eso, fue sintiendo miedo y le comentó a su madre,. Ella, confundida, le dijo que le comentara a Dalil para que lo orientara, el chico no tardó en buscarlo y apenas lo vio, le pidió que lo escuchara, le contó la historia de la señora, cómo llegaron los libros y las sensaciones que había sentido, el guía lo miró, siempre con su sonrisa, se quedó fijamente y solo dijo: "no dejes de leerlo, continua que nada malo te pasará, luego me cuentas cómo sigues y hablamos de los libros".

Como siempre, Talib siguió las indicaciones de su guía y continuó leyéndolos, cada vez, se mermaba la sensación de mareo, no solo se devoró los libros mencionados, continuó leyendo libros de crecimiento personal, metafísica, cómo sanarse a uno mismo, los libros que su padre había escrito y aún estaban sin publicar en ese entonces, se comenzó a interesar por libros diferentes a los de interés de los niños de su misma edad, hasta por temas de astrología, el mundo de la literatura le fue ofreciendo otra forma de ver la vida, le dio una perspectiva más amplia, al principio se casó con teorías, a medida que leía varios autores contradictorios, descubrió que habían muchos puntos de vista tantos como estrellas en el cielo, todas estaban marcadas por paradigmas que cada escritor tenía, sus aprendizajes, historia personal, todo influía para que tomara una postura en la vida y esto no podría tomarse como universal, siempre cada punto de vista está cargado así sea científico con elementos emocionales y de comportamientos adquiridos.

Comenzó a leer muchos libros de diferentes autores para sacar de cada uno lo que le daba sentido; esto le permitió abrir cada vez más su óptica, su mundo se ampliaba cada vez más, podía ver cosas que los demás no podían ver y entender, se maravillaba con todo, cada que leía algo era como si encontrara una ficha de un rompecabezas, las iba juntando, comprendía cosas inimaginables, quería contarles a las personas, que tenía a su alrededor. Trató de varias formas describir sus hazañas, sus aprendizajes; se emocionaba saber cosas distintas y quería que el mundo entero se enterara y sintieran esas sensaciones.

Dalil, se enteraba un poco de estas situaciones, él era más bien callado y reservado, siempre escuchaba al chico y lo miraba interesado, era como si le transmitiera la información telepáticamente porque no decía nada, pero le entendía qué seguía, qué debía hacer, cómo o con quién, hasta el momento la señal era no mencionar estas cosas a sus amigos o familiares, aun no estarían preparados a escuchar cosas que podrían estallar en sus creencias, pensamientos y paradigmas. No era el momento, pero era tanta la emoción del chico el saber cómo ser egoísta y no contar, Dalil, le decía de formas muy diplomáticas y con palabras encriptadas, la paciencia, es una virtud, y se debe desarrollar sino se tenía.
El chico tenía poco de ella, pero entendería poco a poco que contar sin contexto, sin que sus almas estuvieran preparadas y permitieran explorar otros

mundos, sería una total imprudencia, aunque se le salían una que otra frase que ponía a tambalear a más de uno, lo miraban como si pensaran que era mejor verlo como un loco que pensar que tenía razón, y así se fue regando un poco la idea que estaba loco, él sólo reía, aunque a veces lo dudaba, pero su guía al enterarse solo podía decirle, "cuando todos te ven loco, es la señal que vas por buen camino".

Solo un loco es capaz de abrir caminos y mostrar formas de hacer que permiten desligarse, soltar ataduras, percibir otras formas de ver la vida, una persona que se ciñe a reglas establecidas en el mundo, solo obedece, no cuestiona y ahí sigue por el camino trazado. El loco marca camino, muestra rebeldía consciente, es revolucionario sin violencia, solo con su comportamiento cambia rutas y destinos, obviamente no es popular ni lo siguen multitudes solo unos cuantos valientes que ven en él un escape al mundo ilusorio, que nos han metido, nos han hecho creer que es el real y solo hace parte del programa montado para controlar nuestras mentes, para mantener un sistema que hace parte de la ilusión.

El loco por eso es perseguido, aporreado y hasta encerrado para que no hable, no contamine a los demás y termine siendo una sociedad de locos pensantes, que cuestionan las estructuras de poder.

¡Bienvenidos los locos al nuevo mundo!;El chico igual se atrevía hablar, decía cosas que podían incomodar, causar risa y hasta podían dejar pensando a las personas, unas pocas se tomaban el trabajo de ir más allá de esas palabras, intentaban digerir un poco la información, unos pocos consideraban importante y trataban de aplicarla, los demás, decían que eran imaginaciones del chico, se burlaban de él y sus historias y hacían chistes denigrantes, unos pocos se interesaban, pero luego se enteraba Talib que no era genuino. Se encontró con personas que si bien no le creían le daban la señal que no debía hablar de esas cosas con las personas que no estaban preparadas y que al no entenderlo lo podían catalogar de "loco".

El chico siempre reía cuando le hacían esos comentarios, sabía que algún día lo entenderían, marcar una pauta, una diferencia en medio de ideas ya preconcebidas o creadas, no es fácil y se tarda la mente en asimilar, no quiere decir que todas las personas deben creer en las mismas ideas, pero era inevitable, en algún momento sus almas los guiaría por el camino que cada uno debía recorrer, el alma habla en voz baja y amorosa, no grita y tiene paciencia para esperar con todo el cariño que el ser esté dispuesto, que elija, solo si hay voluntad se puede dar ese paso, nada podrá ser obligado, ni a sentir y

pensar, cada uno elige cuándo y cómo recorrer el camino que su alma le traza.
Luego Talib les decía, “entre más loco me vean, es la prueba que voy por buen camino”, porque ser loco, en últimas, es aquel que rompe esquemas, que sigue el sendero que su corazón le dicta, solo escucha el llamado de su alma, que es diferente normalmente a lo que la mente humana está acostumbrada, luego de un tiempo, decía el chico, te sientes tan cómodo como eres que no es relevante como te ven, porque el que está afuera no logra entender la paz y tranquilidad que se siente internamente. Es sentir la inmensidad, es entender que no eres una gota del océano, eres una gota que contiene todo el océano.

Traer una nueva forma de pensar y de ver la vida, requiere tener firmeza, buen humor para reírse de los ataques del exterior, cambiar un paradigma, da temor, pavor a lo desconocido, genera incertidumbre, no es sencillo levantarse cualquier día pensando distinto, es utilizar el lado del cerebro que no hemos explorado, te conviertes en sospechoso al salirte de la estructura, o de la casilla en la que perduras desde el nacimiento, ahí te clasifica la sociedad, se requiere de mente fuerte e inquieta para saltar e ir a buscar nuevos rumbos, de explorar el mundo mágico y ver cosas fantásticas imposibles al ojo humano.

Explorar rutas vírgenes o que tienen huellas de quienes ya se arriesgaron y dejaron vestigios, señales para quienes ingresarán y podrán encontrar la ruta para ingresar y recorrer, son caminos de confianza, te fortalecen en tu esencia y te ayudan a descubrir tu propósito, así los demás te vean con desconfianza, te tachen de raro y que al final no encajas en ningún lado, en ese camino sin regreso encontrarás personas maravillosas que te acompañarán por momentos y te darán ánimos que no desistas y que vas por el lugar correcto.

¡Eureka! "misión cumplida" se decía para sí mismo, deseaba dejar una semilla de duda, tenía la certeza que era el primer paso para salir del insomnio y el congelamiento al que la humanidad ha sido reducida, nos han impuesto por eones, estructuras y sistemas de poder que nos obligaban a pensar y actuar de acuerdo con unos parámetros, y que constituían un beneficio para un grupo reducido de personas, las demás eran totalmente sometidas a un régimen sin salida, sin poder opinar o cambiar algo que no encajara, esclavizan las mentes a través del miedo, sentimientos de tristeza, soledad, amargura, escasez, incertidumbre, abandono y miles de emociones que nos restan felicidad, nos ayudan a desconectarnos de la fuente, nos sentimos desamparados y buscamos cómo el mismo sistema nos consuela a través del consumismo, u otras formas de escape con tal de no sentirnos mal, nos llevan a enfermedades y a sentir que todo está perdido.

Vivimos en una “ilusión”, así hemos permanecido a lo largo de la historia de la humanidad, en un sueño, en el que no nos dejan despertar, es rentable que sigamos dormidos, para el sistema de salud enfermar es lo ideal porque no se previenen enfermedades se atienden las que ya están, el poder de sanación lo tenemos todos, solo es descubrirlo saber cómo se manifiesta en nuestro cuerpo, con esto ya el acudir al médico sería más ocasional a nivel mundial, las grandes farmacéuticas quebrarían y se irían a la bancarrota, de ahí la importancia de sostener la idea que siempre enfermamos.

El sistema financiero nos controla a través del consumo, el uso de tarjetas de crédito, préstamos que nos generan necesidades que no se requieren en el momento, pero nos hacen creer que debemos aceptar todo porque hay rebajas de precios o dos por uno, nos conectamos con esta información y generamos escasez con solo pensar mejor compro más hoy porque mañana no sabemos, en realidad el ser sí sabe, mañana y siempre tenemos la abundancia, solo hay que vibrar en esa sintonía de sentir que somos merecedores y que tenemos todo a nuestra disposición.

El sistema religioso de igual forma nos ha controlado por eones, nos hacen creer que si no existe el intermediario no podemos acceder a Dios, pensamos que es lejano y nos odia por lo que hemos hecho, cuando está más cerca de nosotros, es mirar hacia adentro y ahí está, en la sonrisa del otro, en sus ojos, en la naturaleza, en los animales, ahí está. Con que cerremos los ojos y hagamos tres respiraciones profundas es suficiente para clarificar el pensamiento, para saber y sentir que ya estás en la tranquilidad y el amor que te da el universo, al conectarte con tu divinidad, con lo que eres en realidad, ves y entiendes que eres magnificente, analizas desde otra óptica más sensible, regeneras tu cuerpo.

Por estas y más razones no es conveniente que despiertes, se acabarían los imperios terrenales, al descubrir que somos poderosos, que todo está a nuestra disposición y que no estamos solos, nadie volvería a depender de ningún sistema solo escucharía su corazón, es comprender que somos uno, indestructibles, que creamos abundancia, salud, bienestar. Talib suspiraba, era tanto por contar, poco por escuchar y mucho por ocultar la verdad, pero sabía que la luz es perenne, eterna, y llega a lugares insospechados.

Tal desconexión de la fuente, de lo divino, no nos deja ver la realidad, la luz al final del camino, solo vemos oscuridad, circunstancia que puede cambiar con un pensamiento, un cambio energético de imaginar que estamos bien, llenando nuestra mente de pensamientos positivos, esto sube automáticamente la vibración y logras entrar en estados de conciencia superiores. Son buenas noticias, saber que no importa en qué situación te metiste con todo el ego y te dejaste llevar por los senderos de pensamientos destructivos, con unas respiraciones profundas, llegas a tu centro y puedes ver con más claridad, te conectas con las vibraciones del corazón, llegando a sentir la energía universal, sientes cómo la abundancia te cubre, te llena, no te hace falta nada, tienes lo que te corresponde, **se comprende cómo llega la abundancia a cada persona**, a la Tierra y sus rincones, es que ella es para todos e infinita.

Se lo repetía constantemente Dalil al chico, y este se quedaba con la sensación de impotencia a veces de cómo transmitir esa alegría, cómo gritarle al mundo que no se tienen que angustiar por nada porque todo en el universo nos llueve, entender que no estamos solos, decirles que solo confíen porque todo lo bueno está por llegar, todo está a nuestra disposición, era una total maravilla comprender esta verdad, se repetía constantemente,

"Les contaré, en cada conversación, en medio de risas y situaciones alegres, contarles de esto a través de un chiste, ponerle humor para que les llegara la información así fuera en tonos charlatanes, enviaré luz a todos y ella actuará en el momento correcto, no tendré que ocultar más esto, lo regaré por la Tierra con cada ser humano que conozca y algo quedará, lo sé, estoy seguro, mientras me dicen que estoy loco, sus risas se escucharán en cada comentario y la información se regará y, a través del viento, cruzará países y el viento se encargará de trasmitirlo con sus sonidos, su baile, pero todos se enterarán y cada uno en su tiempo lo asimilará y lo extraerá de su mente para ser visible y será un ejemplo de vida para otros y ayudará a multiplicar la idea de abundancia y esta se anclará en la Tierra para nunca más irse."
Se repetía esto y su guía le recordaba cuando flaqueaba, sabes que no será fácil, pero mientras sigas firme con tus ideas y convicciones comenzarán a permear los lugares que llegas, tú mismo sentirás que ya no eres como antes, has cambiado, tu forma de relacionarte, de ver el mundo, tus comportamientos son más suaves y tus reacciones menos ante condiciones tensas, la luz siempre llega, comienza con

un rayito y termina siendo una cascada llena de esperanza y bendiciones, pasado esto jamás querrás que se vaya, sentirás tanta confort que sabes que sin la luz no hay camino ni destino, se convierte en tu aliada, es tu más fiel compañía.

Un vez la luz se ancle a la Tierra, no habrá retorno para la humanidad, poco a poco cada mente despertará y se irá uniendo en la medida que su voluntad y libre albedrío lo permita, lo cierto es que la Tierra brillará, como nunca lo ha hecho, no alcanzamos siquiera imaginarlo, será totalmente mágico para nuestra mente, quizá difícil de creer, será glorioso, el sol brillará, su luz será radiante y dejaremos de pensar que es dañina, la nueva humanidad comenzará una historia llena de amor incondicional, abundancia y confianza, en el que primará el ser, quien nos guía y comanda nuestra existencia.

Qué regalo tan maravilloso fueron esos tres libros que le dieron a Talib, una bendición, le abrió un panorama de la vida y el existir, no podría volver a ver nada igual. Dalil como siempre lo había orientado bien, seguir leyendo era el camino, él sabría que esos libros abrirían la mente del niño, se concretaría con algo más profundo y lleno de sabiduría, era ir adentrándose en su propio ser. Por esto, siempre estaba presente en la vida del niño, y aparecía cuando más lo necesitaba, listo para dar la mejor orientación era un guía y maestro.

Aun así, Talib se fue encontrando con muchas personas en su vida que le iban mostrando el camino, y él aprovechaba cada encuentro para aprender, aunque como cualquier niño no era fácil el aprendizaje. Se preguntaba a cada paso, porque tendrían que ser fuerte las enseñanzas, porque no aprender en la calma y tranquilidad, son preguntas que la mayoría de los humanos se hacen, pero porque no pueden aprender a través de la risa, en los momentos de más felicidad e intensidad. Esto no sería posible, aunque hay seres que lo logran con un grado de conciencia más elevado, de hecho, pueden retomar las experiencias de otras personas y las incorporan inmediatamente.

El dolor, la angustia, el miedo y todos esos sentimientos de angustia nos permiten elevar la conciencia, ver más allá, tener perspectivas distintas, cuando se conecta con la negatividad experimenta la noche oscura del alma, esta es una experiencia aterradora que puede durar por un tiempo no limitado, se siente solo y desamparado sin salidas, una vez atraviesa esa oscuridad y amanece, la persona jamás será la misma, la luz se despierta en ella y vibra en abundancia, en alegría y en confianza. Es una experiencia que da libertad y entendimiento de lo que nos rodea y nos sucede, se entiende el propósito del alma, se tiene la claridad de lo que somos y a qué vinimos, vale la pena la experiencia y poder llegar a ese entendimiento.

Talib tuvo amigos de su misma edad, profesores, familiares, conocidos que marcaron su vida, que le mostraron el camino y lo iluminaron, fueron faroles en el camino e hicieron que algunas experiencias fueran fáciles, unos parecían que a través del silencio lograban enviarle amor, esperanza y fe, con una mirada lo acompañaban en esos momentos difíciles, con una palabra de ánimo, una presencia, un abrazo, apretón de manos, todos y cada uno le entregaron algo como si fueran fichas de un rompecabezas que se encuentran dispersas y se van recolectando con cada encuentro con esas personas que te topas en la vida, son maestros que nos dan lecciones y al final logras formar el rompecabezas y el resultado es increíble, mágico, maravilloso, cuando está completamente armado, visualizas un ángel luminoso, con una mirada profunda, llena de magnificencia, sin miedos, ni dolores, es una vivencia sin límites.

Observas bien y no lo crees, debes frotar tus ojos y volver a mirar y no puedes entender lo que sucedió y cómo es tu rostro, relajado, feliz, satisfecho, lleno de amor, una mirada apacible, bondadosa, libre de prejuicios. Te preguntarás, ¿Cómo sucedió?, ¿en qué momento paso? Observas bien y ves que el rompecabezas es un espejo, te das cuenta de que todo es una ilusión, es un sueño, el cual ya has despertado. Y ahí estas, luego de recoger cada ficha, tener la paciencia de armar la figura, buscar las coincidencias evidencias que definitivamente es tu reflejo, **siempre habías tenido las respuestas contigo,** estaban ahí tan cerca, y pensamos que debemos viajar, estar retirados del mundo para encontrarnos, y solo necesitamos disposición, abrir el corazón y es suficiente para encontrar las respuestas.

Te mirarás y te ves como ese ángel hermoso y luminoso que eres, sientes tus alas doradas, te reconoces, sabes que eres tú ángel, aquel que te cuida, y te conoce más que nada, siempre te ha acompañado por toda la eternidad, eones contigo, pero es claro eres tú mismo en otra dimensión, llamado ángel de la guarda, maravilloso, eres tú mismo en frecuencias más altas.

Entender que podrás estar con tu ser divino más cerca teniendo una experiencia terrenal viviendo con un cuerpo físico, pero sintiendo como un ser de luz, iluminado, conectado con la fuente. Por eso todo lo que llega a nuestra vida hay que honrarlo, amarlo, comprenderlo y confiar que todo está bien, que todo tiene un propósito, y así no lo entendamos es perfecta cada experiencia porque estamos guiados por nuestro ser de luz que ve todo sabe qué es lo que debe suceder y en qué momento **todo es como debe ser.**

Cada instante santo trae magia, entendimiento, gratitud infinita por cada acontecimiento y lo vivido, por el aprendizaje, cada vivencia es para el crecimiento de cada alma, infinitas gracias por cada persona y circunstancia presentada, han sido necesarias para el camino recorrido, eso hace que sea el ser que soy ahora en el presente, Talib no paraba de agradecer cada cosa que le sucediera, sabía que **la *gratitud* es el principio para la abundancia y el entendimiento de la divinidad**.

4. La partida de Dalil

Dalil, quería ayudar más al chico, pero sabía que él tendría que estar en otro plano, tenía compromisos pendientes que lo obligaban a dejar su cuerpo y sabía que desde allá podría mostrarle un camino más claro de lo que podía hacer acá. Es así como el guía, amigo y maestro parte de la Tierra y a pesar de que su ausencia fue grande para su familia y amigos, él nunca se apartó, había dejado unas semillas en Talib y sabía que a través de él podría comunicarse y ayudar a los que necesitaran, comienza un camino de entendimiento para el chico. Lleno de emociones, y cambios de paradigmas que lo encaminó en descubrir parte de su propósito en la Tierra.

Dalil continuaba comunicándose con el chico, lo hacía de muchas formas, tal como se lo había platicado en los momentos que compartían espacios familiares y podían tratar temas más profundos cuando se encontraba en el cuerpo físico. El chico siempre huía a estas conversaciones y más cuando se trataba de desencarnados, su guía tenía una gran habilidad para comenzar el tema, lo hacía muy sutilmente, preguntaba sobre el estudio, los amigos, las tareas del colegio, una infinidad de trivialidades que solo eran para romper el hielo y poder llegar a la verdadera conversación que quería entablar que era hablar sobre las comunicaciones con otras entidades en diferentes campos dimensionales y esto demostraba que los seres cuando desencarnan su alma sigue viva y podrá comunicarse o moverse por otros campos dimensionales.

Talib apenas comenzaba a ver que la conversación cambiaba de rumbo quería salir corriendo, pero algo más fuerte lo detenía y permanecía allí, su guía le preguntaba qué pasaría si el pudiera ver seres de otras partes como personas que hubieran desencarnado y que su cuerpo físico ya no estuviera, de solo pensarlo le aterraba la idea, lo negaba, decía que no quería y no permitiría que pasara eso, Dalil solo lo miraba con ternura y comprendiendo su miedo, pero sabría que tarde o temprano tendría que aceptarlo. Ya el chico había tenido experiencias con otras entidades desde muy corta edad, sus noches era realmente tenebrosas, sentía presencias, unas solo lo miraban, otras lo tocaban o intentaban hablar, su miedo era más poderoso que cualquier entendimiento.

Estas experiencias siempre se las contó a Dalil, por ello él sabía que solo era esperar un momento para que el chico aceptara y asumiera su papel de comunicador, tenía la capacidad de moverse ágilmente entre mundos, aun no lo sabía pero podía estar en el mundo de los desencarnados, en mundos con vibraciones muy .altas y amorosos y en otros donde había mucho dolor y sufrimiento, podría llevar información, luz y sanación en sus visitas a esos otros espacios, y por ello lo buscaban las almas que requerían su ayuda, seguramente en un estado inconsciente o de sueño profundo lo haría pero en su corta edad era complejo poder hacerlo, lo aprendió ya años después con la ayuda de su guía.

El primer paso para emprender el camino que harían Talib y Dalil a lo largo de mucho tiempo, comunicándose/ desde dos mundos diferentes, era precisamente que el chico aceptara verlo, por ello, para el guía era importante hablar del tema, sabría que lo debía preparar porque las grandes enseñanzas serían cuando él partiera físicamente de la Tierra y debía ayudarlo a soltar el miedo, porque enfrentaría sus mayores miedos al lado de su guía, cualquier día le dio por partir, sin decir adiós, se iría sin responder muchas preguntas, sin aclarar cómo comunicarse con seres invisibles, aun así el chico recordaba que él le había dicho que se podía pedir cómo verlos y debió decidirlo porque ya no le quedaba más de otra si quería recibir a su guía, decidió inicialmente: "los veré a través de los sueños".

Tiempo después, de haberse ido de este plano, Dalil, el chico comenzó a soñar con él, al principio le daba información para la esposa del guía, ella había quedado muy adolorida por su temprana muerte, pero trató incansablemente de hacer muchas cosas para que sus hijos no pasaran ninguna necesidad, si bien contaba con el apoyo de su familia, ella siempre fue una "guerrera", amaba sentirse así, luchaba por lo que quería y no le gustaba sentirse inútil, por ello vendía almuerzos, helados, artesanías, siempre con su cabeza a mil con ideas y deseos de darle a sus hijos lo que requirieran y no se sintieran menos que los demás.

Esa no fue la única lucha que hizo sino también esperar que le llegara el dinero que le correspondía de su esposo, fue toda una odisea, a veces el camino de demandar a las personas que aparentemente nos hacen daño o buscar reconocimientos adicionales no siempre será el camino y este fue uno de ellos, esperó incansablemente, hacía planes de cuando le llegara la plata, pero el destino tenía otro veredicto, tiempo después ella también partió, y decía "sé que allá arriba (refiriéndose al campo invisible) puedo ayudarles más". Solo el chico lo entendería mucho después a través de varias experiencias muy sanadoras.

Dalil enviaba muchos mensajes a su esposa Harb a través del chico. A veces eran muy agradables para ella, otras no tanto; ella también aprovechaba para enviarle mensajes a su esposo, el chico comprendía que su guía ya las había escuchado; aun así, él hacía el mandado. Harb se emocionaba cuando había noticias de su esposo, la llenaban de alegría y sentía que tendría fuerzas para seguir luchando.

Un día, haciendo limpieza en la casa, Harb separó unos libros de Dalil, decía que él se pondría muy feliz que estuvieran en sus manos, no quería que se perdiera el legado de su esposo, lo consideraba un ser excepcional, lo amaba con toda su alma y sabía que él era más de lo que alcanzó a mostrar a sus allegados y amigos, tenía un potencial de entendimiento espiritual muy avanzado y siempre pensaba que se fue demasiado pronto porque sus hijos estaban pequeños y ella tenía muchos planes.

Cuando ella se va y abandona su cuerpo físico, su relación no fue en principio tan cercana con Talib, llegó a pensar que ella se había ido molesta por algo, solo era que pasara un tiempo de preparación para el chico para que ella apareciera en su vida de una manera inimaginable. La madre del chico enfermo y él pedían, en sus oraciones, que le ayudaran y que fuera lo perfecto para ella. Veía en sus meditaciones 5 seres extraños para el ojo humano, azules brillantes, sus cuerpos eran delgados y parecían que se podían estirar, sus cabezas alargadas tenían formas humanas, pero no tenían diferencia de género, todos parecían los mismos, fotocopias, sus ojos alargados y completamente negros, sus movimientos eran lentos, pero todo a su alrededor y lo que emanaban era amor puro, lo transmitían a cada paso y acción que realizaban.

Estos seres usaban una tecnología avanzada en el hospital, era como si trabajaran a la par con los médicos terrícolas, un gran equipo, solo que, desde campos dimensionales diferentes, era muy interesante el trabajo que hacían porque si bien estos seres tenían técnicas de alta gama, necesariamente necesitaban que algunos procedimientos fueran físicos y ellos no podían acceder a dicha dimensión, por ello la intervención de los médicos de la Tierra era totalmente indispensable, porque el cambiar patrones energéticos requiere en ocasiones que se hagan cirugías de acuerdo a las patologías.

Sin mencionar la cantidad e información con la que un ser humano queda luego de intervenciones médicas que requieran anestesia, entran en un estado en el cual no están vivos ni muertos, es un limbo, se reúnen con los seres de luz que los acompañan para definir nuevas rutas, revisar si hace falta algo para cumplir con la misión que el ser se haya propuesto o en ocasiones se decide abandonar la Tierra por alguna razón que solo el alma sabe, ya sea porque ya cumplió, porque se alejó de cumplir la meta y no está dispuesto a cambiar el rumbo o simplemente porque ya no quiere seguir, es una decisión del alma, lo cierto es que las experiencias o recuerdos que algunas personas relatan luego de una cirugía, transforma su vida y la de quienes les rodea.

Estos seres invisibles, aman ayudar a sanar a todo nivel en la Tierra, es su pasión, están diseñados para reestructurar cuerpos, siempre y cuando el alma les permita la intervención, porque ellos, más que nadie en el universo, **cumplían a cabalidad las reglas de libre albedrío, no pueden intervenir sin que se les solicite ayuda**, son llamados médicos del cielo, un buen nombre para estos seres Arturianos que han aportado tanto a la salud humana. Se convirtieron en los aliados de Talib, una vez los conoció y descubrió el lugar donde atendían a las personas, comenzó a llevar las almas que requerían ayuda, luego de solicitarles el permiso.

Cuando llegaban a este lugar existían unas camas tipo camilla y allí eran acostados quien llegara, ellos inmediatamente veían que llegaba un alma, corrían al encuentro y sabían qué requerían con solo mirarlos; si bien usan aparatos electromagnéticos, la mayoría de las veces sanan a través de sus dedos que funcionan como un láser, una inyección, o sirven para extraer algún objeto extraño en el cuerpo; en sí, son especialistas en cirugías.

Luego del chico visitar constantemente estos sitios y con la experiencia que vivió su madre, descubrió que estos seres se mueven donde los llamen (como quien dice hacen domicilio) su tecnología les permite movilizarse e instalar el equipo en cualquier lugar. Esto lo supo una vez estando en la clínica con su madre donde pudo observar cómo uno de estos seres azules ayudaba a su madre.

Cuando lo miró pudo distinguir que era Harb,; cuál fue su sorpresa lograr identificarla, su emoción sobrepasaba cualquier limite, estaba realmente feliz de verla allí ayudando tal como lo dijo antes de partir de este mundo físico, su alma sabía que estando allá podía intervenir en algunas circunstancias para ayudarlos a sanar, la sabiduría del alma es infinita, siempre sabemos lo que más conviene y en qué momento solo es escucharnos en el silencio para poder tomar las acciones y decisiones correctas.

Fueron muchas las experiencias que pudo presenciar el chico con Harb, sanaciones a personas cercanas: un allegado de la familia, resultó con tumores en su cuello, estuvo en un estado de salud muy delicado, ya lo habían desahuciado, de un momento a otro se paró y su salud mejoró notablemente, le aparecieron en la piel como quemaduras en los sitios donde tenía los tumores y estos desaparecieron totalmente. El chico se enteró posteriormente que el señor había sido muy amigo de Harb en alguna época, otra demostración más que ella podría ayudar más desde allá que encarnada en un cuerpo.

Lo cierto es que no todos los seres ayudan desde campos invisibles, también contamos con muchos de ellos que están en cuerpos físicos, son esos amigos, familiares y allegados que están cuando menos los esperamos, pero más los necesitamos, tienen una palabra, o solo su compañía es suficiente; otros seres más osados vienen en formas de ayudar a través de la sanación, meditación o miles de formas más para posibilitar que encuentren el camino del alma.

Dalil, comenzó a visitar a Talib al principio a través de los sueños, transmitía mensajes a sus seres queridos, le daba alguna instrucción o le enseñaba nuevas cosas que para el chico eran demasiado mágicas y le alimentaban el alma. Comenzó a sentir tanto cariño y emoción cuando transmitía los mensajes de su guía; ver las caras de los familiares no tenía precio, se dio cuenta que debía aceptar esta realidad y comenzar a poner en servicio su don.

Dalil al ver que el chico estaba más relajado con el tema, comenzó a ir por él en las noches a unos paseos nocturnos, que los llamaba la salida de la enseñanza, visitaban sitios o lugares en otros países; hacían largas caminatas y en la medida que avanzaban aprendía algo nuevo como salir del cuerpo, la forma de cómo llegar, comenzó a recordar lo vivido tal como si fuera un sueño real, los recuerdos que tenía el chico era en imágenes, eran como si no usaran zapatos, descalzos hacían los recorridos, el guía no usaba camisa, era muy particular verlo de pantaloneta, como si fuera un domingo en la casa, se presentaba de esa manera, para demostrar informalidad, cercanía, algo familiar, para ayudar a Talib a ir adentrándose en el mundo de lo invisible, entender y familiarizarse que no pasaba nada si se comunicaba con otros mundos.

Esto era solo el comienzo que vería el chico, porque luego sería parte de su vida trasladarse sin problema a campos dimensionales, visitar lugares en cualquier parte del mundo para llevar, ir a lugares desconocidos e impensados al ojo humano los cuales solo los podría ver y sentir con el corazón, lo cierto es que él no sabría cómo sucedería, no lo entendía con su mente racional, pensaba que debía estar siempre en la compañía de su guía para salir de las dimensiones en las que visitaría, trataba de entender cómo lo haría solo pero no podía lograrlo.

Fueron múltiples los aprendizajes que para el chico no estaban muy conscientes, no siempre se acordaba al despertar, pero sabía que había estado con su guía, lo podía sentir en la sensación que le producía en su cuerpo.

Aun así, estas enseñanzas eran mágicas, impensables, repetían sus encuentros noche a noche, retomando aprendizajes, conociendo cómo funcionaba el mundo, para que estando en la Tierra, su guía le respondía preguntas sobre qué hacer en las circunstancias difíciles, o por ejemplo por qué hay personas que tienen más dinero que otras, por qué tanta diferencia en la repartición de los recursos, por qué hay tantas enfermedades, hambre, emociones negativas como la tristeza, la ansiedad, la culpa, la soledad, el vacío.

Y así muchas más preguntas que fueron resueltas en cada visita o lugar, con cada enseñanza, el chico podía responderlas él mismo en la medida que avanzaba en las enseñanzas. Pero en últimas, obedecían a **que tú lo creas en la mente**, parece extraño crear cosas que nos dañan, pero así funciona, creas tu propio mundo con el pensamiento, de ahí la importancia de cuidar lo que se piensa y se dice, "las palabras tienen poder" lo que nos han dicho por décadas, pero apenas ahora estas palabras están tomando relevancia.

Para Talib era complejo entender cómo se podía ver con los otros ojos, o los ojos del corazón, su guía reía y le decía que no era una cosa que podía forzar solo sucedería un día cualquiera que su alma estuviera preparada y llegaría solo en el silencio, cuando la mente permaneciera tranquila, se da cuando entiendes que no controlas las cosas, cuando se suelta todo y entiendes lo que te sucede es perfecto para el momento, es lo que tu ser necesita para liberar algo o para incorporar alguna enseñanza, cuando definitivamente vives el presente sin pensar en el futuro o lo que ya pasó, solo disfrutando del regalo de estar aquí y ahora.

Es magia, soltar la emoción, los pensamientos controladores, soltar la idea que se cumplan los sueños, las ideas, y cualquier día, eureka, sucede de la nada, cuando por fin olvidamos lo que habíamos pedido, ahora si se da, es ahí cuando los seres invisibles, los guías, maestros, protectores pueden actuar solo cuando sueltas el control y deseo de saberlo todo, porque en realidad no sabemos nada aparte de que debemos **vivir en amor y vibrar con el corazón, casi que es nuestra única tarea.** Todo sucede justo cuando ya lo damos por perdido, al desprenderte del resultado, entregas al universo y te rindes, sabes que no puedes controlarlo y solo lo envías al cielo para una ayuda, y luego confiar que todo sucederá en la perfección del alma, la que nunca se equivoca, la que sabe qué paso sigue y traerá una enseñanza y creer que siempre nos sucede lo mejor para nuestro mayor aprendizaje.

Las noches para Talib, pasaron de ser las tormentosas a ser las más deseadas, esperaba con ansias que llegaran para poder encontrarse con su guía, solo era consciente de los encuentros en los momentos de sueño, su mente estaba más en calma y podía recibir los mensajes, deseaba que su guía lo llevara a esos lugares mágicos, llenos de alegría, que lo llenaban de tanta información la cual podría poner de nuevo en práctica y poder mostrarlo a los demás que era parte de la misión, debía incorporar la enseñanza para luego darla a conocer a las demás personas que estuvieran dispuestas a recibir la información.

A veces se quedaba despierto para ver si lograba verlo cuando llegara, pero el sueño se apoderaba de él y terminaba dormido profundamente, y no aparecía, habían días que no llegaba, noches largas que no recibía información y su guía no se presentaba, el chico le suplicaba que apareciera, pero no llegaba en ese momento, como le había enseñado; **había que soltar el control**, el guía siempre estaba ahí mirándolo esperando que su mente permaneciera en calma para poderse comunicar pero era imposible cuando se ponía ansioso.

Un día, el chico debía presentar un examen de inglés en el colegio, y estaba muy angustiado por ello, no le iba muy bien en la segunda lengua,: El día anterior se acostó muy preocupado, cuando concilió el sueño comenzó a soñar que un ser transparente, era como de agua, se lograba ver porque era como si permaneciera delineado con otro color por toda la figura, era un azul celeste, y eso resaltaba, este hombrecillo lo tomó de las manos, y le pidió permiso para llevarlo a un lugar,; para sorpresa del chico, no sabía para dónde solo confió y se fue con el hombrecillo azul, no sentía miedo, era una total confianza, estiró sus manos y emprendieron el viaje, inmediatamente se vio en un bosque, su compañero transparente caminaba muy rápido, parecía con mucho afán, no decía una sola palabra, estaba concentrado en moverse de prisa por el lugar, era como si tuviera una cita, el chico solo corría tras él.

En el camino habían unas señales que el ser luminoso ponía cuidado, por donde ir, donde desviarse, tiempo después de caminar y sin mirar para atrás el hombrecillo, ingresó a un túnel, era oscuro, húmedo, y con vegetación en los alrededores, se escuchaban búhos, un arpa, el eco, el chico no sentía susto, todo lo contrario, estaba maravillado, sus ojos no podían creer lo que estaba viendo, miraba con detalle todo, pero el ser continuaba corriendo hacia adelante, por fin, cortó el silencio y exclamó, debes correr y moverte más rápido, continuaron caminando, ya el chico había entendido que era en serio que debía caminar más rápido.

Aun así, el chico seguía escuchando el arpa y le llamaba la atención, pero no lograba ver de dónde provenía el sonido, le preguntó al ser que lo acompañaba, que a pesar de sus carreras le respondió entre dientes, esa arpa la toca el búho, cuenta la leyenda que al no superar una desilusión decidió quedarse por toda la eternidad anunciando que llegan los visitantes al lugar.

Aunque no entendía dónde se encontraban, le inquietaba ese lugar. Debía ser un lugar muy especial puesto que tenían comité de bienvenida. Todo le parecía diferente: los sonidos, las texturas de las cosas, los olores que al principio los sintió a humedad, luego había olores, dulces, a flores, él se quedaba atrás para poder analizar cada detalle del lugar, le parecía familiar el lugar, pero no sabía porque no tenía conciencia de haber estado allí antes.

Comenzaron a sentir unos pasos y a escuchar unas voces con eco, parecían como cuando se narra un cuento y el hombre que hablaba tenía voz de locutor de radio, era fuerte pero armónica. Dalil le pide a Talib que se metan en un espacio que había en el túnel, era una especie de balcón de un primer piso, que no tenía puertas, se escondieron allí mientras pasaba un hombre adulto y un niño que venían hablando y se reconocían sus edades por su tono de voz, el niño le preguntaba al anciano sobre el lugar, dónde estaban y qué estaban haciendo allí, la voz adulta le contestó con voz firme, “en este lugar siempre te sentirás feliz”, el niño rio en señal de aceptación, escasamente se escuchó una risa tímida.

Talib estaba muy pendiente de verlos una vez pasaran por allí, a medida que se acercaban al lugar donde estaba con Dalil, le emocionaba saber que los vería,; para sorpresa de él una vez pasaron no los vio porque eran invisibles a sus ojos, a diferencia del guía que sí los podía ver, cuando se percató que ya habían pasado, le entregó un libro rojo pequeño que lo sacó de un lugar que parecía un escondite (no le explicó mucho de qué se trataba, solo le dijo que lo leyera que ahí encontraría muchas respuestas, el chico así lo hizo, posteriormente pudo ir a las **bibliotecas astrales donde está toda la historia de la humanidad, los registros akáshicos**) y le pidió que debían salir muy rápido, cogió un atajo que lo dejó sorprendido, no hubiera imaginado que tendría varios caminos.

Inicialmente se veía que era uno solo por donde había ingresado, pero su guía siempre lo sorprendía,; muy apurado le pidió a Talib que ingresara al lugar y que corriera rápido y no mirara para atrás, el chico se quedó en el lugar observándolo, miró hacia la ventana grande que había en el corredor, era muy grande, no tenía ni cortinas, ni rejas, era al aire libre y era un lugar hermoso, muy verde, parecía de lejos un campo de golf, pero al parecer era un lugar para que aterrizaran las personas, unos hombrecillos bien parecidos (no se sabía si eran hombres o mujeres, como si no estuviera definido el género), rubios, sin camisa, pantalón blanco y con alas, aterrizaban en el lugar.

El chico no podía creer tanta belleza, se preguntaba qué sería ese lugar tan hermoso, si podría volver y cómo lo haría, no quería irse, se sentía muy a gusto, tranquilo; en el instante se percató de una mariquita (Coccinellidae), de aproximadamente 50 cm y de colores brillantes, era inmensa, inmediatamente le preguntó a su guía, que estaba corriendo por el túnel de regreso, ¿cómo se llama este lugar? Y el gritó: "Manizales. Luego podrás volver, pero en este momento debes venir conmigo antes que se haga tarde, corre" le gritaba que se les acabó el tiempo, el chico emprendió el camino apresurándose y entendiendo que debía moverse de allí, en un segundo ya se despertó y se vio de nuevo en su casa, una voz se arrimó a su oído y le dijo: **visitamos el cielo**.

Varias semanas quedó el chico muy impactado con lo que vivió en el sueño, parecía tan real, sentía sensaciones y recuerdos como cuando vas a una fiesta y recreas tu mente volviendo a ver y sentir cada situación vivida. Ya una vez despierto, contó a su madre lo que le había pasado en el sueño, ella se aterrorizó, no supo qué decir, imaginó que él había muerto y volvió del otro lado, como dicen comúnmente. En cambio, el chico tenía sentimientos encontrados, no sabía si estaba feliz, anonadado, sentía que algo muy profundo, había cambiado dentro de él.

Se abstuvo de contarlo a sus amigos para evitar que lo juzgaran, se rieran y simplemente no le creyeran, sabía que era mejor que por el momento no supieran porque se llegaría la ocasión que pudiera ir contando en la medida que las personas permanecieran preparadas para escuchar algo nuevo, quizá raro pero que supieran en su interior que había mucha posibilidad que eso fuera verdad.

Dalil se desaparecía por tiempos para permitir que el chico pensara sobre lo que había experimentado o aprendido, porque le permitía ir incorporando la información y también para tener el espacio de depurarla, y así podía asimilar el cambio de pensamiento y el poder ver de otras formas, un cambio de perspectiva completo, diferente al que culturalmente han enseñado, lo cual, pensaba, nos ha mantenido por eones atados a unas creencias que poco nos han aportado al desarrollo y el entendimiento del alma, en cambio sí han permitido la lejanía de nuestra propia esencia, nos enajenamos totalmente al momento de nacer, perdemos nuestra verdadera identidad, ocurre la desconexión con el lugar de origen, nos convencen que esta realidad ilusoria es la verdadera, cuando en realidad es una cortina que nos tapa lo real, pero un día, el alma se despierta y es capaz de desconectarse de la matriz a la cual fue conectada para poder continuar con los sistemas de control.

Una vez ocurre la desconexión, se vive un momento de soledad, de incertidumbre por sentir algo nuevo piensas que estás perdido porque ya nada te ata, pero pasado un tiempo comienzas a experimentar sensaciones tan claras, ves cómo funciona el mundo pero ya no te conectas a sus pedidos y demandas, sientes libertad, sabes que no pasará nada si continuas el camino en la Tierra sintiendo la luz que eres y deseando que todos puedan alcanzar esta felicidad tan profunda pero solo se podrá cuando cada alma decida qué es lo que quiere hacer y dé el primer paso, de lo contrario, será inútil mostrar un camino que no se quiere recorrer.

5. Talib y su guía en otro campo dimensional

Hasta el momento los encuentros con su guía eran a través de los sueños, una noche, luego de pedirle mucho que se apareciera de nuevo, ya habían generado una relación muy estrecha de confianza y camaradería, en el cual el chico recibía información e instrucciones y muchos aprendizajes para entender las dinámicas de la vida, como afrontarlas y alivianar la carga de las experiencias no tan buenas que se nos presentan.

Al aparecer Dalil, condujo a Talib por una caminata ecológica, fue larga, cruzaron montañas, quebradas, ríos cristalinos, eran azules sus aguas, y se lograban ver los peces de muchos colores y tamaños, durante el camino el guía amenizaba contando historias, describía lo que veían y lo que significaban esas imágenes, por ejemplo, cuando vieron los peces en el agua se maravillaban observándolos, eran colores muy brillantes, él le decía que esto simbolizaba la abundancia, que ésta siempre estaría acompañándolo en el transcurso de su vida, tendría este regalo del universo a cada momento de su existir porque es ilimitada y para todos.

Cruzaron varios puentes en madera, en otros momentos hacían estos cruces por las quebradas y ríos cristalinos, él podía sentir como sus pies se mojaban, ambos caminaban sin camisa, descalzos y corrían por el agua y por los prados, se veían felices divirtiéndose con la caminada. Luego después de mucho caminar, llegaron a un lugar lleno de vegetación y había una pequeña casa hecha en madera no muy fina, se veía como un pequeño escampadero no parecía habitada por nadie, seguramente era solo un lugar de paso por las condiciones poco seguras ya que no contaba con puerta ni ventanas, era un lugar de fácil acceso solo contaba con unos velos blancos en la entrada y en las ventanas.

El chico ingresó al lugar un poco temeroso y se percató que su guía se quedó afuera esperándolo, cuando ingresó observó que era un lugar medianamente vacío, vio una silla al fondo y a una persona sentada al lado, que no logró saber quién era, pero supo que lo estaba esperando, solo lo observó y le hizo un ademán para que se sentara, el chico accedió y se dirigió a la silla para tomar un lugar.

Cuando se sentó, aquella persona continuó observando cada movimiento del chico, y se sonrió una vez se sentó en la silla vacía, comenzó a darle explicaciones sobre por qué se alejó en algún momento, habían sido amigos hacia un tiempo, dijo muchas cosas que el chico no entendía, parecía que le decía cosas a la persona equivocada, porque hablaba de temas que no eran conocidos para él, aun así luego de un rato de esta persona estar hablándole, entre los velos salió alguien muy grande medía casi tres metros, era de contextura gruesa, tenía su rostro descompuesto, parecía no gustarle lo que había escuchado, se acercó con fuerza y desmintió cada palabra que el otro personaje había pronunciado.

La persona que estaba sentada en la silla, se levantó al sentirse atacada y desenmascarada; se dirigió a la salida y desde allí le hizo unas señas al chico demostrando que todo lo que le dijo era verdad. Con una maliciosa indicando de alguna manera maldad en su rostro, en ese momento todo su aspecto cambió y parecía diferente al que estaba hablando hacía unos segundos, tenía la mirada perdida, tenía ademanes rápidos y sin control, se reía como desquiciado y tomó su camino hacia otro lugar. En su retiro dejó un aura un poco densa y el ser gigante y el chico lograron nivelar la energía del lugar manteniendo un contacto visual y cogidos de la mano.

En realidad, Talib no entendía qué había pasado, estaba atónito, no sabía por qué habían recorrido tantos kilómetros para llegar a ese lugar y presenciar esa escena, el gigante que estaba adentro le dijo como si ya hubieran hablado antes:" ya vez por qué no debían seguir siendo amigos, todo sucede como debe ser y es perfecto para cada aprendizaje, es más, todo sucede de acuerdo al plan divino y lo que está destinado a suceder según los propósitos del alma, que en un principio los seres humanos no alcanzan a entender luego poco a poco entenderán la magnificencia que hay en cada suceso de la vida.

El chico salió de aquel lugar, pero antes dio un abrazo al ser gigante que lo ayudó en una lucha que nunca entendió; al llegar a la puerta los velos se movían descontrolados por el viento fuerte en aquel momento, se sentía indeciso de salir pensando que permaneciera afuera el anterior personaje, pero vio la cara sonriente de Dalil que lo esperaba ansioso para saber qué había sucedido. Habían pasado un par de horas y el guía ya se estaba impacientando y quería regresar, le hizo una señal al chico que ya el otro se había ido que saliera tranquilo, ya que él permanecía en la puerta esperando una señal, el chico se dispuso a caminar sin antes mirar de nuevo al gigante que allí continuaba observándolo, le hizo una seña de gratitud y bajó el pequeño escalón que tenía la casucha.

Comenzaron a caminar, pero en realidad el chico no sabía cómo salieron de allí, porque una vez alcanzó a su guía parpadeó y ya se encontraba al inicio del camino, su guía no le mencionó nada ni le preguntó durante el rato que compartieron, al instante el chico se ve en su cuarto, acostado y mirando para el techo, haciéndose preguntas como ¿ese encuentro con el personaje y el gigante por qué y para que se dio?, ¿cuál era el aprendizaje?, los por qué difícilmente se resuelven, pero los para qué sí se logran entender, luego de mucho pensar y analizar lo vivido, entendió que cada situación se presenta para ser sanada, liberada, para comprender lo que debemos aprender, el otro (quien tenemos al frente) se convierte en nuestro espejo.

Es el reflejo de todo aquello que no hemos resuelto, que nos duele, que nos cuesta mirarlo a los ojos porque da miedo enfrentar lo que debemos depurar, el otro nos recuerda lo que hemos olvidado en la caja oscura de los recuerdos, que es el lugar donde almacenamos todos los sentimientos, dolores, imágenes desgarradoras, situaciones no aceptadas, todo lo que no sabemos cómo resolver, o que no entendemos por qué ocurrieron, pero cualquier día, salen a la luz buscando liberarse y lo hacen a través de las demás personas, que se aparecen en forma de incomodidad o una piedrita en el zapato, para llamar nuestra atención y que por fin nos hagamos cargo del dolor y lo transformemos en amor y luz que es realmente donde deben estar.

Es mágico, lo escondemos porque nos duele, y no lo reconocemos como parte nuestra se desajena completamente, pero al verlo en el otro incomoda y nos obliga hacernos cargo de lo que nos corresponde, una vez se sana esta situación a través del otro, el personaje desaparece, de hecho, esa persona la vemos distinta hasta hacemos comentarios como, ha cambiado mucho por lo menos ya no se comporta como antes que era muy agresivo, peleador, mentiroso, entre muchas más, porque ese personaje existe en nuestra mente, una vez lo liberamos se libera la idea en el otro y nunca más volvemos a tener esa misma experiencia ni con otra persona ni con nosotros mismos.

Es lindísimo darse cuenta de que el otro solo es nuestro maestro, es quien nos guía por la senda de la sanación, nos dirige justo a la entrada de la caja negra, aquella que guarda esos aspectos dolorosos, por ello, cuando el personaje que porta las llaves para abrir la caja, nos molesta, y pensamos "pero qué he hecho para tener que soportar a esta persona o condición", en realidad somos mágicos, poderosos, que activando nuestro pensamiento positivo podríamos disolver los personajes y solo ver el aprendizaje, lo que nos convoca, esos personajes actúan de acuerdo a nuestra mente, lo que les reflejamos y lo que debemos aprender.

Solo queda honrar a ese villano que se dispuso a cumplir el pacto de iluminarnos el camino, que viene con el papel de molestar para salvarme, liberarme de cosas que ya no funcionan y se deben depurar, qué hermoso es ver al villano como el gran maestro, es de almas nobles reconocer en el otro un aprendizaje y amarlo sin medida por aceptar nuestra solicitud desde el alma.

Total, agradecimiento por cada uno de los maestros que han llegado a nuestra vida con todo el amor, que se donan por nuestro bienestar, en un principio nos conectamos con la emoción y es complejo ver al otro como un personaje, luego podemos verlo como un hermano luego de sanar. Eso sucede cuando nos hacemos cargo de lo que nos corresponde, el juicio desaparece, y vemos la verdad y la claridad en cada situación, nuestra alma sana y la de todos los habitantes de la Tierra.

Talib continuaba soñando y siempre tenía la sensación de gritarlo a los cuatro vientos, sabía que no era el momento y le dirían que solo fue un sueño, lo detenía esa idea que no le creerían, qué impotencia sentía el chico, se preguntaba a cada instante por qué debo callar tan magna información, qué rico sería poderles mostrar las maravillas que él había experimentado, "gritaría a todos, eureka, encontré el camino" de inmediato una voz le decía **calma, aguarda en silencio, tu camino jamás será el de otros, deja que cada uno encuentre el suyo en su infinita sabiduría**, **confía que cada uno sabe cómo llegar y encontrar su propio camino**. El sentimiento del chico era de incertidumbre aun así sabía que quien quería que hablara y contara sus cosas era el ego, sin querer le permitiría mostrarle a los demás que él ya sabía el camino y eso en últimas, no era desde el corazón porque este no busca alabanzas.

Es fácil identificar cuando te habla el ego o el corazón, el ego quiere reconocimiento, compite por ser el mejor, por tener la información que otros no tienen, busca ser el centro de atención, **el corazón solo quiere ser, estar, existir, vivir el momento y reconocer en el otro su valor, ve todo con gratitud así no sea lo que estaba esperando**, solo ama a cada instante y las personas que hacen parte de su vida. La sabiduría del corazón sabe cuándo hablar, dar una opinión, hablan solo cuando sea el momento correcto y cuando el otro permita y esté dispuesto a recibir la información, es cuando indaga, cuando demuestra interés por alguna circunstancia y tiene la apertura del corazón para recibir, es ahí cuando aparece el maestro solo cuando el discípulo tiene la preparación y la voluntad de recibir.

Así le transcurren los días a Talib, observando cómo el mundo se angustia por condiciones incontrolables, que solo son de tener la apertura de aceptar y confiar que siempre sucederá lo mejor y lo perfecto. Otras circunstancias sí están en nuestro manejo, pero la bruma nos llena de miedo o de incertidumbre y no podemos ver más allá de una vista nublada, pero la solución está a un paso, solo que el ego no le gusta sentir que no tiene el control, su defensa es generar terror y eso nos petrifica, nos paniquea sin saber qué pasará al otro lado, solo es confiar ciegamente que sucederá lo mejor para cada uno en la perfección del alma. **Dejarse guiar es quizás el acto más noble**, soltar, saber que no estamos solos y que de cualquier manera saldremos victoriosos y llenos de aprendizajes.

Aun sabiendo que no debía tocar esos temas con nadie, o por lo menos en ese momento, Talib no perdía la oportunidad para hablar de esos temas que lo emocionaban tanto, por eso, cuando estaba en los descansos en el colegio ponía temas que generaban polémicas, para liberar alguna memoria de dolor o de sufrimiento, y si era el caso y se podía hablaba de algo que hubiera aprendido con su guía, obviamente el tema lo camuflaba en risas y humor para que pareciera chiste y no una realidad pero esta información algún día saldría a flote de ellos y podrían entender muchas cosas, disfrutaba estos espacios con mucho entusiasmo y le sacaba provecho, siempre deseaba estar así compartiendo con sus amigos pero sabía que no podría ser en todo momento.

En principio Dalil aparecía solo en los sueños del chico, sabía que no podría hacerlo de otra manera hasta que permaneciera preparado para recibirlo en su vigilia, poco a poco lo iba preparando con paciencia para poder acompañarlo más en su día a día y no solo esperar que conciliara el sueño.

Aun así, siempre estaba con él en todas sus aventuras, así el chico no lo percibiera, se camuflaba en las paredes, plantas en formas diversas, lo acompañaba a veces al colegio y trataba de comunicarse con él para orientarlo o para que se divirtieran con algún evento, por ejemplo, cuando el chico se veía en medio de los comentarios ofensivos que le hacían los compañeros de clase, lo incitaba a mantener la calma, al principio

Talib no lo escuchaba. Ocurrió un día que el chico iba caminando por la calle y al pasar por una vitrina se miró y para sorpresa suya evidenció que alguien estaba a su lado caminando, cuando alzó la mirada para observar quién estaba, no vio a nadie solo se reflejaba en el espejo, solo escuchó las risas particulares de su guía.

A partir de este momento sus encuentros eran constantes, en el día, ya no se necesitaba conciliar el sueño, simplemente cuando el chico lo necesitaba lo llamaba o Dalil aparecía para ayudarle en algo. Comunicarse al principio era muy complejo, pero fueron perfeccionando y ya era muy frecuente que se vieran y hablaran, lo mejor era que nadie lo percibía porque esas conversaciones no utilizan los mismos medios físicos, sino que lo hacen a través del pensamiento, la telepatía, se convierte en algo más intuitivo.

Para la madre de Talib, ya los cambios que le veía a su hijo le empezaron a llamar la atención, no sabía describir a ciencia cierta que le veía distinto, su comportamiento obedecía a un niño de más edad, trató de indagarlo y no logró sacarle más información, no fue posible que le contara sobre los paseos y vivencias con su amigo nocturno. Su madre no se quedó tranquila y un día arreglando la habitación de

Talib, encontró un cuaderno de notas, temerosa pero decidida lo abrió y comenzó a leer, tenía escrito los sueños que su hijo había tenido con Dalil, se preocupó porque el contenido de la información era de un adulto porque era información que ni ellos mismos sabían, preocupada le contó a su esposo para llevar al hijo a un especialista, ya que pensaban que su hijo estaba teniendo algún trastorno.

Cuando el chico llegó del colegio, se percató que su libro de notas estaba en otra posición diferente a la que él la había dejado, se sorprendió y pensó que de pronto había sido él mismo sin darse cuenta, se dispuso a jugar con unos dados y en algún momento comenzó a ver a su madre como si permaneciera viéndolo a través de una pantalla de un televisor, la vio leyendo su cuaderno y veía como llamaba a su padre y la decisión que habían tomado de llevarlo a un especialista, a partir de ese momento no volvió a escribir los sueños que tenía, además como ya estaba en contacto permanente con su guía, no veía necesario escribir las experiencias, las dejaría en su memoria.

Y como todo es lo perfecto, lo que debe ser en el momento indicado, la información que comenzaría a tener el chico era más compleja de entender y era ineludible que no quedara en un principio registrada y los padres del chico se podrían alertar mucho más y él debía pasar inadvertido mientras recogía la información, procesarla y luego compartirla a quienes estuvieran dispuestos a oír. Sus padres lo siguieron observando, pero no lo llevaron a ningún especialista.

Dalil y el chico conversaban a menudo de varios temas, sobre todo antes de dormir, en plena meditación, esto le servía al chico como preparación para el viaje nocturno, un día su guía le hablaba sobre los campos dimensionales de la Tierra, estos funcionan como capas ocupadas por seres mágicos, civilizaciones de varias especies, animales que ya se han extinguido, o especies que existieron eones atrás, cada uno de ellos pasaron por un proceso de evolución que les permitió ascender a otros campos dimensionales, entonces en últimas, no es que hayan desaparecido sino que **al estar en vibraciones más altas no son captadas por el ojo humano**, ellos pueden vernos más nosotros y a ellos no.

La forma que Dalil encontró para explicar la espiral dimensional, fue que se imaginara que la Tierra la partía a la mitad como una naranja y ahí se pueden ver varias capas como simulando a los pisos de un edificio de apartamentos, y cada uno contiene un mini mundo con cada una de estas especies. Para poder acceder a cada una de ellas, **se debe elevar la**

frecuencia vibratoria que se logra teniendo la mente tranquila, alimentándola con pensamientos positivos hacia uno mismo y hacia los demás, es un estado elevado de conciencia, donde el alma es la protagonista, se aumenta la sensibilidad, y puedes conectarte con otros seres del universo que son de otras dimensiones mayores al de la Tierra, sus frecuencias son más altas, el contacto se da cuando el ser humano logra elevar su frecuencia de tal manera que logra la conexión, funciona como cuando una persona usa un radio y está pasando las emisoras hasta que encuentra una que le suena bien y es armónica con su interior

Estas experiencias, con seres de otros campos dimensionales, suelen ser mágicas. Estar en un cuerpo físico es lo más denso conocido en el universo tener esas vivencias; en realidad, quien las experimenta, comienza a comprender que no estamos solos y que los seres de otras dimensiones y lugares del universo tienen un desarrollo espiritual más evolucionado que el de la Tierra, si bien hay en la Tierra seres de esas dimensiones camuflados en cuerpos humanos, con el fin de traer luz, paz, mensajes de amor incondicional, se caracterizan por ser amorosos, respetuosos con todos los seres, **entienden que cada uno está en su proceso y no se pueden homologar las experiencias,**

cada uno sabrá en su infinita sabiduría cuándo tomar acciones frente a sus procesos.

Esto es una experiencia extrasensorial, luego de experimentarlas no podrás regresar a la persona que eras, jamás volverás a ser el mismo, experimentas la calma, y serenidad, en las cuales los problemas se solucionan y soltamos las dependencias hacia los demás, a las circunstancias o a cualquier cosa que haya en el entorno. Ya lo que nos sucede no será un drama, sino que se despersonificarán los personajes y las situaciones se verán como parte del aprendizaje. Se entiende que todo es una ilusión y lo que suceda es perfecto porque es una experiencia del alma.

"¿Por qué es tan denso el cuerpo humano?" Preguntaba el chico. A su guía, Dalil le encantaban estas preguntas, lo emocionaba saber que si estaba preguntando este nivel de detalle es porque ya estaba aprendiendo o entendiendo muchas cosas que sucedían. Su guía lo miraba con ternura y se disponía a explicarle cada pregunta porque sabía que cada una de ellas llevaría al chico a lugares impensados y descubriría muchas más cosas de las que su guía pudiera contarle.

El cuerpo humano, proseguía, es denso al igual que la Tierra comparado con otros cuerpos de otros planetas y galaxias, cuando un alma decide encarnar en un cuerpo físico está dispuesto a vivir las experiencias más fuertes y hasta dolorosas pero que le permitirán dar un salto cuántico superior al que se experimenta en otros lugares, de ahí que la Tierra se ha convertido por eones en el lugar primordial y apetecido de las almas viejas y jóvenes para tener desarrollos espirituales más sorprendentes.

Aun así, también saben, desde que toman la decisión, que entrarán en el juego de la rueda de la vida y tendrán que morir y nacer cuantas veces sean necesarias para tomar conciencia dentro del cuerpo y reconocer la luz que sería, anclarla a la Tierra y comenzar un camino liviano de amor incondicional con ellos mismos y con todos los seres vivos. A veces se pierden tanto en las experiencias que les costará miles de años para lograr salir de allí ya que el ego, el mayor reto de la experiencia, se encarga de distorsionar por así decirlo, todas las experiencias y su función principal es hacer que el corazón no se manifieste; por eso hace uso de una serie de artimañas para impedir que se dé la conexión con la divinidad interior.

Es un juego que desde los planos superiores, antes de que el alma encarne, planea su experiencia y la envían sin recuerdos de nada, ni de dónde viene, ni quién es, ni a qué vino, todo será un trabajo interno que cada alma deberá hacer en la experiencia terrenal, pero que no será enviado solo, tendrá guías, maestros, seres de luz, protectores, ángeles que lo acompañarán a lo largo de todas las vidas y enviarán todas las señales posibles para que la persona los reconozca y comience a recibir la orientación. También lo envían con un kit de herramientas que son definidas detalladamente para garantizar que de acuerdo con las experiencias podrá encontrar las soluciones y por último le deben calibrar la energía, bajar las frecuencias con las que cuenta el alma, para que al entrar en el cuerpo este no sea dañado por las altas vibraciones, ya que podría calcinarlo, se nivela la frecuencia hasta encontrar la frecuencia exacta de la Tierra y sus ocupantes.

Es un proceso de libre albedrío, todo es concertado y planeado de acuerdo con las necesidades de cada alma, se olvidará la información que traiga el alma, una vez se toma la copa del olvido antes de nacer, cuyo propósito es comenzar una vida sin recuerdos para tener la posibilidad de vivirla sin miedos, prejuicios o paradigmas, sino que de verdad tenga una experiencia en un principio aterradora pero luego será fascinante una vez ya fluye con lo que le corresponde. Aun así, habrá experiencias que se requieran recordar, o miedos porque hacen parte del plan, algunos estarán guardados en el ADN, o en memorias ancestrales que saldrán a la luz para ser sanadas, de acuerdo con los aprendizajes y el propósito del alma, lo cierto es que se nace limpio sin pensamientos o recuerdos que puedan entorpecer esta nueva experiencia.

De acuerdo con la cultura, educación, valores, linaje, personalidad, entre otros, el ser va creando su propia realidad y va experimentando condiciones que le permitan ir cumpliendo ese propósito del alma. Si bien no es fácil entenderlo, cuando estamos en un cuerpo físico, porque al no recordar que **somos luz, seres angelicales que todo lo podemos hacer que no existen límites, que somos por naturaleza abundantes**, nos enfrascamos en el problema tratando de solucionarlo por nuestros propios medios.

Cuando en realidad lo que hay que hacer es soltar, entregarlo todo a la luz, agradecer por el bien o el favor recibido y no más, descansar en la confianza que sucederá lo perfecto de acuerdo con el plan divino, todo se resuelve en la divina presencia del yo soy, es simple, pero ese es el gran aprendizaje, soltar el control de nuestras vidas, entender que no podemos, desde este espacio, hacer lo que se hace en otras dimensiones donde todo sucede y en un instante. Es hermoso recordar la magnificencia que somos, la luz que portamos y que irradiamos consciente o no.

Muchas preguntas son las que se hacen las almas cuando despiertan en la Tierra y no encuentran muchas respuestas, suelen pensar cosas como: ¿Qué nos dicen antes de nacer?, ¿Cómo volver consciente esa magnificencia?, ¿Por qué decidimos nacer y venir a la Tierra si de donde pertenecemos nos encontramos bien?, ¿Qué contienen las capas dimensionales?, ¿Por qué aparecen las enfermedades, ¿Cuál es su propósito?, ¿Por qué se mueren los niños antes de nacer, o a una edad temprana?

Dalil le causaba risa las preguntas de Talib, reía porque sabía que estaba llegando al lugar indicado, debido a que esas preguntas las hacia un discípulo ya más experimentado, además le divertía el juego de preguntas y respuestas, y le apasionaba esos temas, sabía que una vez le hicieran la pregunta él se extendería en la información, eso realmente lo apasionaba, saber que podía contarle a los seres terrenales lo que habían olvidado y que estaban dispuestos a oírlo, ya que como todo debía ser el libre albedrío, hablar sobre temas que permitieran el despertar espiritual, recordar quiénes somos, para qué vinimos y hacia dónde vamos.

Su cara reflejaba la emoción de poder contarle estas cosas a sus amigos, familiares, pero el chico sabía que no tenía sentido, porque nadie le creería y solo podría contarlo a quien estaba listo y buscaba la información, a los demás les llegaría en el momento oportuno. En el caso del chico quería saber todo ya, por eso preguntaba, pero su guía se tomaba el tiempo para explicar, era demasiada información y a veces esta no se debe entregar en el mismo momento, se deben ahondar en otros temas y luego hablar de lo que se preguntó, pero ya con la preparación previa. Además, una idea conectaba con otra y Dalil no quería perder el hilo conductor de la conversación, para que el chico pudiera recordarlo todo, para luego transmitirlo a quien, de corazón, manifestara el deseo de conocer la verdad.

El momento de nacer en un cuerpo, para el alma que viene en camino, es muy emocionante, todo es felicidad, los seres de luz que lo acompañan, los padres (así en lo físico sea un embarazo no deseado) porque es tan fuerte el amor entre padres e hijos que independiente de las condiciones en que se haya dado el embarazo, hay una línea que los une, y como lo ha manifestado Dalil son las decisiones del alma, cuando se decide que sus padres no lo quieran o no lo acepten, será doloroso pero el alma siempre sale bien librada de todo, desde allí se planean las experiencias, quiénes serán los padres, los elige el alma, con el fin de ser muy cuidadoso en el cumplimiento de su propósito, de acuerdo a lo que viene a aprender o lo que trae para enseñarles, desde ese momento se hacen pactos con los maestros (espejos) que se encontrarán a lo largo de su vida y también con aquellos guías que le mostrarán los caminos y los acompañarán por el tiempo que sea requerido mientras se cumple el aprendizaje.

Entonces, esos seres que encuentras en la calle y te ayudan a encontrar una dirección, o aquel personaje que se entromete en tu camino y te dice cosas como "no te vayas por ese lugar que puede ser peligroso", o solo te brinda una sonrisa en momentos de desasosiego, o la amabilidad de un vendedor en los buses, o la persona que te atiende en el supermercado, el cajero que te advierte de no llevar un producto o te da instrucciones de cómo preparar una comida, el profesor de primaria que te marcó por las cosas que decía, sus sabias palabras expresando que el cigarrillo era malo y ella fumaba cada segundo y terminar muriendo muy joven a causa de ello, también puede ser esos amigos de la infancia, un familiar que siempre está pendiente de ti y te acompaña cuando más lo necesitas.

Cualquiera de esos personajes hacen parte de un guion, que ya se ha planeado y pactado, algunos llegarán y serán transitorios, otras permanecerán y todos con su función o rol se convertirán en ángeles en la Tierra, nos ayudarán, acompañarán, en esos momentos difíciles, que no sabemos a dónde ir, ni qué hacer con ellos, muestran la luz y la esperanza, a todos y a cada uno un agradecimiento desde lo más profundo del alma, por su compromiso de cumplir lo pactado, su papel en esta gran obra de teatro, que si bien hay libre albedrío y los seres pueden decidir no cumplir lo pactado, lo hacen y cumplen con todo el amor los encargos del alma, si bien no se sabe cómo saldrán las cosas ya en acción, porque los detalles no se pactan, siempre somos guiados por el ángel de la luz, pero el alma decide cómo actuar y cómo manifestar los pedidos.

Cuando una pareja se entera que la mujer está embarazada, el alma de su hijo ya viene visitándolos y ya los ha elegido, los ha observado y sabe que allí tendrá sus aprendizajes. Los primeros tres meses el alma los visitará ocasionalmente, luego se posicionará allí donde está el cuerpo para comenzar toda su experiencia como humano en la Tierra, ya que es muy relevante lo que va a escuchar de sus familiares, lo que siente la madre, quien está totalmente unida a él, allí comienza la gran lucha interna, el libre albedrío siempre está presente y poco a poco irá olvidando su propósito, quién es y dónde está.

Cuando nace el ser no sabe ni entiende qué hace en ese lugar, quiénes son las personas que lo rodean, por eso su llanto es un estado de inconciencia porque aún tienen muy presente el lugar de origen y este nuevo lugar a pesar de que sabían que vendrían no se acuerdan de nada, no sabe cómo comunicarse no entiende lo que dicen, solo llora porque es su única forma de manifestar su miedo, se siente atrapado en un cuerpo.

A medida que va pasando el tiempo van entendiendo y se van acoplando a su nuevo traje, el cual contiene su alma este solo es el medio que tendrán para movilizarse y poder estar en la Tierra; los primeros meses antes de cumplir un año, continúan comunicándose con su lugar de origen de una manera más directa, luego lo podrán hacer pero encontraran las maneras de poderse comunicar ya que no será tan fluido como lo hacían en el momento de nacer, esto se debe a que el campo vibratorio es distinto y las creencias en la Tierra limitan que se den esas conexiones de manera más natural, ya que rige una conciencia desde el ego y no desde el corazón.

Es decir, cuando llega un alma a la Tierra, se comunica fácilmente con sus maestros, a medida que crece y va aprendiendo las costumbres del lugar donde nace poco a poco olvida su lugar de origen hasta que su alma lo orienta para volverse conectar de acuerdo a su plan álmico, aunque no será un camino fácil, requiere de fortaleza, fuerza interior, perseverancia, y mucho amor, compasión por uno mismo, respetarse por el proceso darse el tiempo y las esperas que sean necesarias, todo ello se requerirá para transitar el camino de regreso a casa, llegaran pruebas, retos, es un juego parecido a las carreras de observación que consiste en encontrar algo a través de pistas que te van llevando a otra y a otras hasta llegar a la respuesta final, es como si cada pista te diera una ficha de un rompecabezas y cuando terminas tienes mágicamente un rompecabezas armado.

Es bastante divertido el juego, aun así, como todo hay días que no son tan buenos, pero en realidad todo el trayecto está lleno de magia, el paso a paso en realidad apasiona si sabes disfrutar el camino, si bien es un camino que elige el alma, no todos deberán hacerlo, ya que solo se hace si hay libre albedrío, es el único requisito que se exige, que sea por voluntad propia y se tenga la conciencia de hacerlo.

Talib tuvo una experiencia muy reveladora, en uno de sus recorridos nocturnos, recordó lo que sucedía antes de nacer, primero el alma se somete a un proceso de transformar su energía en frecuencias más bajas, también pudo ver un lugar con mucha naturaleza que contenía una especie de hoyo en el espacio, ya que al asomarse, pudo notar que desde ese lugar se podía ver la Tierra, era como si fuera un balcón, allí estaban a lado y lado dos seres, a mano derecha estaba una luz amorfa que hablaba muy amorosamente y a mano izquierda un árbol, ambos se movían y hablaban a cada alma que allí se arrimaba y que estaba en el proceso de nacer, en un principio el chico se veía esperando el turno mientras a otro niño lo atendían estas dos entidades, él podía sentir la alegría, entusiasmo y amor por saber qué le dirían, podía sentir igualmente el amor que expedía el niño que estaba antes.

Su felicidad era incontrolable, vio cuando el niño se lanzó al vacío con toda la entereza, las dos entidades le enviaron un abrazo y le dijeron:" regresa pronto". Ya le tocaba al chico el turno, se acercó a los dos seres, la luz amorfa muy amorosa acerca al chico al hoyo y para su sorpresa y mayor alegría puede ver en la parte de abajo a la Tierra, y le dice, ese lugar que ves abajo **es el sitio donde todos los sueños se cumplen**, el chico no lo podía creer ir donde todo lo que pensara se haría realidad, no tenía precio ir a ese lugar. Sin vacilar aceptó el reto de ir a la Tierra, la luz con su voz dulce, le advirtió que para poder ir allí debería beber una copa, esta le permitiría olvidar todo, ni quién eres, de dónde vienes, cuál es tu propósito, no podrás utilizar tus dones inicialmente solo cuando despiertes y seas consciente de cómo usarlos de lo contrario, se podría desviar el uso por la baja vibración del lugar. La magia será oculta, no se podrá usar como se hace en otros campos dimensionales, porque no será entendida y también podría tener un mal uso.

Esto te permitirá, le decía la luz al chico, que aprendas a vivir una experiencia donde hay esperas a veces largas y a veces no entenderás por qué no se te dan las cosas, aunque poco a poco lo vislumbrarás, la idea es que vivas la experiencia lo más terrenal que se pueda sin olvidar tu origen, y al despertar te sentirás unido con la totalidad **podrás ser un faro de luz en la oscuridad** a todos los que te conocen, ellos te buscarán porque sabrán que tú puedes tener esa visión que ellos aún no han alcanzado y con esto mostrarás el camino recorrido al despertar para que tus amigos, conocidos y la familia puedan continuar el camino con toda tranquilidad porque ya habrás marcado las señales para facilitar su aprendizaje, que igual cada uno tendrá.

Despertar será salir de las cenizas como el ave fénix, vivirás como un ser de luz despierto lleno de luz, conectado con la fuente y con una experiencia terrenal más consciente, entenderás que todo lo que ha sucedido es lo perfecto, que todo ha sido preciso para estar en el lugar que estás y con quién estás, recordarás este momento y sabrás que no te mentí, le decía la luz amorfa, así olvides el lugar de origen, jamás estarás solo, jamás te abandonaremos, cuando te sientas más solo recuerda que, así no nos veas, estamos contigo, estamos unidos a ti, somos uno solo, te abrazaremos en el dolor y en las alegrías nos sentirás, qué magia y qué fantástico este proceso, saber que nunca hemos estado solos, rodeados todo el tiempo de seres invisibles, que nos acompañan, nos hablan, y solo podrán intervenir cuando lo permitimos, de lo contrario, estarán al margen por la ley del universo del libre albedrío, pensaba Talib.

Luego continuó el árbol, también su voz era dulce pero más gruesa, recuérdame, me verás en cada esquina, a cada instante, a través de parques, zonas verdes, te hablaré, te acompañaré siempre, cada que necesites trasmutar las cargas, con un abrazo a mi tronco o con solo tener la intención de entregar, **podrás librarte de eso que no te pertenece, sentirás una unión mágica, de hermandad, ten la certeza que una vez entregado desaparecerá en ti y lo llevaré a las profundidades de la Tierra** a través de mis raíces para ser trasmutado en luz, cualquier dolor o sufrimiento serán amor luego de este proceso.

El llegar a la Tierra es una emoción indescriptible, cada ser que viene está lleno de expectativas y con mucha alegría, el solo pensar que es el lugar donde todos los sueños se cumplen, ese solo hecho te anima a tener la experiencia, aun así, cuando vienes y comienzas a crecer pides un juguete y no te lo dan, luego te enamoras de un compañerito del colegio y no eres correspondido, luego añoras estudiar en la universidad pero no pasas y el trabajo que querías se lo dieron a otro o la casa que quieres comprar y no aceptaron los papeles y si deseabas tener muchos hijos solo tuviste uno. Y tú ser comienza a ensombrecer, parece que nada se da en este lugar cuando la información que te dieron era que todo se daba, sienten como una estafa cómo podrás creer en esto cuando tu historia ha sido diferente, inevitablemente te alteras y ya no crees en nada, podrías caer en un estado de incredulidad total.

Es una falacia, en realidad los sueños sí se cumplen, solo que habrá algunos que no están alineados con el plan divino y algo vendrá mejor que esté alineado a los pactos realizados previamente, no es fácil entenderlo, pero funciona así, cuando algo está dentro del plan divino solo pensarlo se da sin esfuerzo, mientras que lo que no corresponde es lo que no se da independiente de los esfuerzos que se hagan.

Como parte de la promesa, los ángeles, estarán listos para apoyarnos, siempre estarán dispuestos a brindar su mano y orientación desde que se lo soliciten, para los seres de luz que nos apoyan es complicado decirnos que sí se cumplen los sueños cuando las experiencias han sido negativas, es ahí cuando ellos tienen la oportunidad de mostrarnos la importancia de los pensamientos, cómo funcionan, todo lo creamos con la mente, así sean cosas que no queríamos que pasaran, solo que fueron creadas a través del miedo.

Aunque es difícil reconocerlo, somos responsables de nuestros propios pensamientos, también habrá cosas que por más que las pensemos y las deseemos no se darán porque estas no están dentro del plan divino y no podrán suceder, y cuando esos caminos supuestamente se desvían encontramos grandes enseñanzas como conocer personas o experiencias que luego agradecemos de ahí la importancia de **confiar en el plan divino** y **soltar lo que no nos corresponde**.

Luego de todas estas experiencias Dalil le decía al chico que también era importante que descansara, sabía que se podría quedar sin dormir durante horas con tal de recibir la información de los seres de luz, a veces perdía el interés por ir a clase y por descansar, sentía que perdía el tiempo, gozaba más de estas conversaciones que estar en el colegio y jugar. Solo quería volar con su imaginación y recorrer eso lugares mágicos que había recorrido, al instante de divagar en estas cuestiones se quedaba dormido, hasta el día siguiente.

El sueño lo venció y esa noche durmió plácidamente, en la mañana siguiente apenas abrió sus ojos, pudo notar que su hermano estaba al frente de su cama, lo miraba con una sonrisa en su cara, le dio mucha alegría verlo, recordó cuando se lo había pedido a sus padres y a Dios, quería tener otro hermanito, y se los decía a cada instante porque quería tener la experiencia de tener un hermano menor, pero sus padres se negaban por varias razones sobre todo por la parte económica y porque los dos hijos que tenían ya estaban más grandes, fue tan intenso el deseo que su madre quedó en embarazo de Qui, el chico lo sabía, intuía que eso pasaría en algún momento, así sus padres tuvieran otros planes.

Cuando Qui nació, Talib se sentía muy feliz, prometió darle muchos cuidados, amor, y estar pendiente de él. Así tal cual lo prometió, lo cumplió, era una de sus características principales, cuando sabía que tenía compromiso lo hacía por encima de lo que fuera, si las personas le preguntaban porque quería tener un hermano él les decía que quería saber qué era ser hermano mayor, quería sentirse grande, protector y tener todos los cuidados con el infante recién nacido.

Su hermano Qui, desde que nació, comenzó a tener una serie de habilidades como la fuerza, rapidez, agilidad, sus hermanos le decían "el correcaminos" porque todo lo que hacía era corriendo y con mucha agilidad, tenía una velocidad increíble, tenía habilidad de hacer actividades como elaborar muñecos y objetos en plastilina, hacía campeonatos mundiales de futbol y se aseguraba que cada equipo alineara con 11 jugadores, representando cada país y así lograba hacer un mundial de futbol.

Los muñecos eran del mismo tamaño lo que les cambiaba eran los uniformes, le implicaba un esfuerzo adicional pero no tenía problema con eso. El juego cumplía con todas las reglas, con eliminatorias de cuartos de final, etc. Tal como se juega en una competencia a nivel internacional. Con las canchas pasaba lo mismo, cumplía a con las reglamentaciones requeridas.

Mostró muchas habilidades para las actividades físicas, sobre todo para el futbol, pero debido a unas condiciones de seguridad en el sector donde vivían no pudo dedicarse a esta actividad. Aun así, era bueno en lo que emprendiera, como era tan inquieto a veces Talib y su hermano Dhahak, jugaban que no lo veían, como si se hubiera desaparecido, la reacción de Qui era de preocupación y comenzaba a pegarles para asegurarse que si lo veían, no era muy chévere la escena pero sus hermanos estaban pequeños y no sabían manejar esa forma de comportarse de Qui, a Talib le daba pesar hacerle esto pero era parte del juego y los niños a esa edad no miden qué consecuencias puedan traer estas acciones.

Un día Talib y Qui jugaron mucho tiempo, salieron al parque, jugaron futbol, y corrieron por todos lados fueron muy felices y esto le ayudó al chico a salir un poco del mundo de Dalil su guía, el cual disfrutaba mucho de sus enseñanzas, pero a veces sentía que debía dedicarse a otras actividades para ir asimilando la información que le llegaba y que en la mayoría de los casos eran temas muy sensibles y difíciles de digerir. Si bien era lo que le decía su guía él solo lo aceptaba cuando tenía demasiada información que no sabía cómo manejarla.

Esa misma noche, antes de dormir el chico, estaba estudiando para un examen de matemáticas, que, aunque le iba bien debía estudiar porque su memoria de detalles de las cosas o de circunstancias cercanas a veces le fallaba, en cambio las historias y vivencias con Dalil las podía recordar en un nivel de detalle increíble, podía decir los colores, escenarios, personajes, todo lo recordaba como una filigrana, quedaba grabado en su memoria todo lo que veía, sentía y experimentaba.

6. ¿Como se formó La Tierra?

Su guía apareció luego que se durmiera el chico, a través de sus sueños, sus encuentros eran cargados de mucha alegría y entusiasmo, era como ver su mejor amigo, el cómplice, en esta ocasión lo quería llevar a los inicios como empezó todo. ¿Qué significa como empezó todo? ¿A qué se refería con esa expresión? El chico le preguntaba y su guía siempre sonreía, y le fascinaban estos temas, era como abrir el pensamiento a quienes les interesaba la magna información, que ocurre solo cuando el alma y el ser están listos para recibir información, cuando el ser esta dispuesto a crecer y conocer sus orígenes, cuando se hace preguntas como ¿Yo quién soy?, ¿Qué hago acá, para dónde voy? ¿de dónde vengo? ¿Cuál es mi propósito? Es a partir de acá que el alma tiene la posibilidad de manifestarse, de poder dar las respuestas, en este punto aparecen los maestros, las señales que nos llegan de todas partes y a través de cada persona que interactuamos.

Dalil quería que el chico, aprendiera a detectar las señales que desde el mundo invisible nos enviaban constantemente, llamados ángeles, desencarnados (que a veces eligen acompañar a sus familiares hasta que alcancen algún objetivo o meta), seres de luz, guías espirituales, el yo superior (el ángel de la guarda) no importa el nombre que usemos todos somos uno, una misma energía, y las señales vienen de la fuente de la luz eterna, y cada uno de ellos es la representación de esa luz, el nombre se asocia a quien nos conecta y nos hace sentir cómodos, pero lo importante es darnos cuenta que ahí están, que no estamos solos nunca, porque la promesa se ha cumplido, la que nos hicieron antes de nacer y venir a experimentar este gran acontecimiento, no importa la condición por la que estemos pasando, ahí están con nosotros siempre.

Se podrán manifestar de varias formas, a través de la forma de una nube, la mirada de un niño, la calidez de una persona al atender en un supermercado, una pluma o las hojas cayendo o que estén ya en el suelo, a través de una canción, una frase en un libro que te da respuestas o claridades sobre un tema, un mensaje publicitario, tantas formas de comunicarse y enviar señales de confirmación o respuestas a inquietudes anteriores, todo lo hacen para rectificar que no estamos solos, y que todo el tiempo nos cuidan y nos protegen.

¿Realmente qué sentido tiene que veamos o sintamos esas manifestaciones? Pregunta Talib, su guía lo mirará sonriendo, le contesta, es la forma que los invisibles ayudan a los humanos para recordarles que podemos encontrar el camino de regreso a casa. ¿Y eso como lo podemos hacer? ¿Qué es la casa, es un lugar?, el guía prosiguió a explicar, debemos empezar a evaluar de cómo vinimos y cuál era el propósito. La Tierra se crea con los seres que construyen mundos, los creadores de planetas, se forma debido a un fenómeno que ocurre en el universo, se podría decir que los planetas se van creando de acuerdo con los movimientos energéticos, y con estos seres de luz, utilizan la energía del lugar y van formando espacios, lugares de diferentes pisos térmicos, crean nuevas vidas a partir del agua y proporcionan experiencias desafiantes a las almas que deciden tener nuevas experiencias y que les permiten enriquecer y pulir su desarrollo como seres.

La Tierra se forma a través de un proceso largo y muy hermoso, en el que un hoyo negro toma todo el protagonismo, ya que esta es una actividad inusual que absorbe una estrella, al succionarla se escucha un estruendo muy fuerte en todo el universo, cuando esta ingresa inevitablemente se parte en pedazos gigantescos que por la misma dinámica de la explosión continuaron moviéndose por el lugar, luego de mucho tiempo, miles de años tarda para que esas partículas se estabilizaran, ya que habían viajado largos kilómetros de distancia debido a la explosión.

Los pedazos que se veían suspendidos en el aire tenían apariencia de carbones por fuera y en su interior se percibían llenos de fuego, giraban en su propio eje, solo un pedazo de tamaño superior continuó con sus funciones de gran sol y las partículas fueron quedando alrededor de la gran estrella luminosa, poco a poco fue tomando más forma del sistema solar que hoy tenemos todo dentro del hoyo negro, que por sus características genera internamente un proceso de dualidad en los elementos que la componen, es decir, un objeto que ingrese necesariamente vivirá situaciones de lo bueno y lo malo, de salud y enfermedad, hasta que el objeto sea llevado a un proceso de evolución y concientización para poder salir de aquel lugar y salir de la rueda de los nacimientos.

Si bien todos los trozos estaban en condiciones similares en carbón y echando llamas, hubo uno que llamó especialmente la atención a los seres del espacio. Comenzaron a seguirle el rastro, lo observaban, qué tanto se auto transformaba, hacían ingresos periódicos para inspeccionar el lugar, entraban en sus naves especializadas para soportar el calor que sentían al interior debido a la actividad de incineración que se estaba viviendo a causa de la explosión, pero más adelante este lugar requeriría de cada uno de estos procesos para comenzar su propia evolución, la actividad química sería importante luego para la creación de la vida en ese lugar.

El paseo por aquel lugar lo hacían teniendo todas las precauciones, aun así, luego de mucho observar y permitir que se dieran naturalmente los cambios, decidieron intervenir, posterior a la intervención en los demás planetas, comenzaron enviando desde el exterior miles de asteroides con apariencia y forma de cristales que contenían en su interior agua, ingresaban muy luminosos hasta caer, una vez tocaban el suelo se estallaban y expulsaban su contenido que ayudaba a ir mermando la actividad volcánica, aun así las primeras que cayeron se evaporaron por el calor, este envío de asteroides fue continuo y llegaban miles constantemente durante miles de años.

A medida que pasaba el tiempo se fueron haciendo especie de charcos, ríos, riachuelos, lagos y finalmente se logró tener el mar, fue desapareciendo por completo el fuego, solo se concentró en algunos lugares en forma de volcanes que serían obligatorios posteriormente para los procesos fisicoquímicos de aquel lugar que fue llamado luego Tierra, a pesar de tener una vasta cantidad de agua, adoptando este nombre la cual sería conocida en todo el universo por lo que allí se aprendía con cada ser, quedó más hermosa de lo que se podían haber imaginado estos seres, si bien estaban acostumbrados a crear mundos, este les había quedado más hermoso.

A partir de allí comenzó un gran suceso, la vida acuática empezó a tener una actividad en los cuerpos de agua que se tenían en la Tierra, al principio fue microscópica y luego fueron mutando las especies y podían estar en la Tierra y en el agua, luego algunos quedaron solo en el agua y otros en la Tierra, poco a poco la vida en el exterior se fue aumentando, una variedad de especies aparecieron para dar vida y riqueza, también las especies de flora alcanzaron una variedad de colores, formas y tamaños que han dado alimento a las especies y una belleza inigualable.
Los animales se fueron adaptando a los climas y fueron mutando su cuerpo de acuerdo con el lugar para la supervivencia, toda esta vida que comenzó en el agua fue producto de los asteroides que enviaron los seres del espacio y ellos mismos vinieron a formar la vida en la Tierra adoptando las formas de animales y especies que les permitió ir entendiendo poco a poco cómo se vivía en la Tierra y alcanzaron un nivel alto de comprensión y esto les permitió ir evolucionando en su espíritu. Pasaron de una era

microbiana, acuática, los reptiles, mamíferos, aves, para llegar a la era de los dinosaurios, estos últimos lograron dominar toda la Tierra durante miles de años, protegiendo los lugares que habitaban, eran respetados por los demás seres del espacio que seguían rondando la Tierra y ahora con mayor razón porque tenían a sus hermanos en el proceso evolutivo.

Lo que te puedo adelantar de cómo sucedió su desaparición, le dijo Dalil al chico, porque es un tema que amerita detallar por qué y para qué ocurrió su ausencia en el proceso. Solo te adelanto, prosiguió el guía, ellos desaparecieron a través de un portal que se abre para impedir que se exterminaran con los asteroides, luego que desaparecieron los dinosaurios comienza un experimento con varias familias estelares de diferentes clanes y razas de luz, provenientes de diferentes galaxias y mundos lejanos, eligieron a los seres más fuertes, guerreros de la luz más agiles, antiguos conocedores de estas dinámicas y procesos y que hubieran estado en una experiencia similar en otros planetas.

Debían venir a una misión a la Tierra y pasarían por un proceso de enajenación de su propia esencia para poder tener la experiencia de dualidad, todos eran seres creadores de mundos que se mueven por el universo y multiversos llevando la luz de la fuente a los lugares donde se requiere y siembran las semillas de amor y verdad, ya algunos venían evolucionando con la Tierra y habían experimentado las diferentes formas de vida que se habían dado en el planeta. Estos no venían solos, la propuesta siempre sostuvo que los acompañarían los seres de luz que no encarnarían para poderlos guiar sin romper la regla de oro del universo que es el libre albedrío.

Su misión era venir a vivir como seres de luz en un planeta de baja vibración, la Tierra, de igual manera aceptó el reto de pasar por dicha experiencia, ya que le representaba más en evolución, aun así, nadie ni ellos sabría el alcance que este experimento tendría en la experiencia de cada uno de los que aceptó el reto, era algo que ya habían hecho, pero no se habían adentrado tanto ni intervenido en algunas cosas para mejorar la estadía. Para poder ingresar en cuerpos humanos debieron pasar por un proceso complejo, sabrían que pasaría bastante tiempo sin volver a su lugar de origen, era una especie de internado donde estarían concentrados en las labores de autodominio y manejo interno. También debían permanecer concentrados con su ser de luz estando en la experiencia humana, debían recordar quiénes eran, de dónde venían y cuál era su propósito.

Antes de ingresar debían pasar por un proceso de calibración de energías, las frecuencias vibratorias de los seres de luz son más altas que las que se manejan en la Tierra, es un proceso que permite que el alma ingrese al cuerpo humano sin calcinarlo, aun así, en ese momento quienes vinieron continuaron con sus dones y habilidades mágicas, esto les permitiría estar encarnados viviendo como en el cielo. Así estuvieron comunicándose y conviviendo con ángeles, arcángeles, seres de luz, dioses y demás durante el período de la era de Mu y Lemuria, cuando comienza la era de la Atlántida, pudieron seguir con esas habilidades, toda la Tierra vivía en armonía, todos los seres se comunicaban telepáticamente y se apoyaban frente a cualquier situación que se les presentara.

Estando en esta era la Tierra fue invadida por los Draconianos, estos seres del espacio que se han encargado por eones en invadir territorios y esclavizarlos, imponen sus leyes e instauran un nuevo orden mundial basado en el ego.

Los guerreros de luz no se dejaron invadir fácilmente, comenzaron una serie de guerras y luchas que hizo que inevitablemente se conectaran con el ego, si bien fueron advertidos, no podían actuar desde su corazón, estaban totalmente poseídos por la furia y el deseo de defender el territorio y sus principios. Los seres de luz que los acompañaban debieron tomar medidas al respecto, una vez observaron que sus hermanos habían perdido toda conexión con la fuente y ya vibraban en frecuencias más bajas, tanto que ya nos los veían, de ahí los seres siguen acompañando a los seres humanos, pero ya pocos los pueden ver solo aquellos comprometidos que se esfuerzan y trabajan por elevar sus vibraciones.

Una de las medidas que tuvieron que adoptar fue sellar los portales que conducían a los niveles internos de la Tierra y hacia afuera de ella, esto permitiría proteger de los invasores cualquier intromisión en las leyes universales y en la energía de la fuente, estos sitios, si bien ya no tenían acceso, fueron camuflados con grandes montañas y zonas árticas de difícil acceso del ser humano, que fueran invivibles, esto ayudaría por un tiempo que no fueran descubiertas, también se crearon animales como el oso polar, lobos, tigres, leones, águilas u otros (como seres de luz no visibles al ojo humano) que han ayudado a que estos lugares no los transiten las personas y no permanezcan allí a no ser que por su corazón noble sean aceptados por los protectores.

Posteriormente, debieron desaparecer las evidencias de magia y otras formas de vivir de los aldeanos de la época, porque esto sería nefasto. Si los oscuros lograban encontrar algo que pudiera destruir la Tierra o sus ocupantes, había sido muchos siglos de construcción y no querían que su experimento se viniera abajo, aunque lo que estaba pasando no era algo que tenían contemplado dentro de lo planeado, todo salió de control, sus hermanos guerreros de la luz se vieron sumergidos en una lucha de muertes y destrucción de la naturaleza, si bien ellos pensaban que solo estaban defendiendo su territorio, en poco tiempo se vieron envueltos en acciones completamente egóicas, fueron perdiendo sus habilidades y olvidaron quiénes eran y qué vinieron hacer.

Así pasaron eones, entre luchas y muertes, cada que venían tenían el propósito de cambiar lo que habían hecho, pero se veían de nuevo enredados y con las emociones y sentimientos mundanos, de odió, amargura, deseos de venganza, los Draconianos, fueron tomando relevancia, su poder creció y sus estructuras permanecieron con éxito hasta nuestros días, instauraron sistemas de poder económico, político, religioso, social y cultural, todo se regía a través del miedo y la represión, se fueron librando batallas, unas ganaban los guerreros de luz otras no, lo cierto es que cada que tenían esas experiencias y morían iban sumando a la experiencia de la vida en la Tierra.

Fueron entendiendo más cosas, cómo manejar el ego, cómo ir destruyendo las estructuras de poder, y cada vez se acercaban más a la respuesta, no podría ser a través del dolor y sufrimiento, solo la fuerza del amor podría derrumbar las barreras, se fueron perfeccionando en este sentimiento amoroso así fuera con quien los ofendía, y poco a poco recobraron su luz después de eones de oscurantismo espiritual, ya nunca más se opacaría, solo que tendrían que ocultarla por años para no ser descubiertos por los oscuros, porque serían eliminados de acuerdo a lo que el sistema de la época manejara, que iba desde quemados, degollados, ahorcados, en plazas públicas para que todos los seguidores aprendieran la lección, entre otras formas, en silencio fueron llevando las semillas de esperanza en cada generación y muchos clanes fueron entendiendo la lógica del amor, si bien hay seres que deben experimentar la oscuridad, en términos generales las personas en el mundo han entendido que el camino no es la guerra, lo cual era el objetivo de las semillas.

Hoy, luego de miles de semillas de luz esparcidas, los seres de luz vienen con códigos sagrados, son conscientes casi desde el nacimiento, si bien continúan ocultos anclan la luz a la Tierra y la expanden, estos códigos son traídos de cada clan y ya fueron instaurados, los portales de luz se abrieron a quienes están preparados para utilizar la energía que de allí emana, aún siguen protegidos por gigantes invisibles o animales salvajes, que saben a quién dejan entrar, de acuerdo a unas características espirituales, luego de muchas luchas con los oscuros, estos guerreros expulsaron de la Tierra a todos los Draconianos, a pesar de que sus sistemas continúan vigentes, cada vez más son cuestionados y pronto habrá un nuevo orden mundial basado en el amor y la luz.

Parte de esta información instaurada por los oscuros aún continúa en algunos humanos que las portan, ellos se siguen comportando desde el ego, pero ya no tienen la guía de sus maestros y el soporte de ellos, porque al estar expulsados ya no tienen dominio en la Tierra, estas personas poco a poco irán depurando estas energías y los demás seres aunque tengan episodios desde el ego cada vez son más conscientes y son capaces de parar esas situaciones y convertirlas en luz, ya entendieron que el camino del despertar y recuperar el poder interno no es la violencia sino el amor incondicional por uno mismo y por los demás, entendieron que no se irían de la Tierra a otros mundos o a su hogar de origen hasta restaurar el orden en la Tierra y que volviera la edad de oro con sus ocupantes, que todos recordaran quiénes son, recordaran sus habilidades y vivieran trayendo el cielo a la Tierra.

Hoy las semillas estelares, vienen más que aprender a dar, a iluminar el camino que ellos ya han recorrido y que abiertamente pueden hablar de estos temas porque el mundo ya está dispuesto a escucharlos, si bien no es a todo nivel, pero sí se respetan las diferencias de pensamiento y credos en la mayoría de las partes del mundo, por tanto cada vez se suman más seres a la gran fuerza universal, si bien no se sabe cuánto más tardara este proceso lo cierto es que los guerreros no se irán hasta cumplir su misión y limpiar lo que ellos mismos generaron, si bien no con intención pero sí son conscientes que se conectaron demasiado con el ego y las consecuencias fueron nefastas, eones de muertes y destrucción.

Esto no se pensó así, jamás el plan estaba con episodios de violencia y esclavitud, pero como todo fue perfecto, y los seres que pudieron estar en todo el proceso son más sabios y experimentados luego de padecer tantos problemas, su conexión con su lugar de origen y con el hogar ya la han tenido y permanecen conectados mientras tienen esta experiencia humana.

No han acabado la tarea pero si está más adelante que cuando comenzó todo en la Atlántida, tanto es así que muchos ya han podido acceder a la información de este lugar que una vez fue hundido en los océanos para proteger la información que allí se gestaba, los seres invisibles como ángeles, protectores, guías, seres de luz, ya son más visibles al ojo humano ya se comunican algunos con mayor facilidad y bajan información relevante a los que quieren oír, reciben orientaciones y les dan señales de cosas que van a ocurrir, todavía es un contacto para algunos y en la medida que estén preparados cada vez será para muchos.

Los seres de luz y las familias estelares continúan enviando luz sin intervenir en el libre albedrío, le dan esperanza a cada guerrero que vuelve a la vida en otro cuerpo para que no desfallezca, saben que una semilla no hace mucho, pero con la paciencia y en la medida que fueron llegando más, se ha podido ir instaurando el orden de la luz, faltan personas por tomar conciencia, los corazones se irán abriendo y mostrando su verdadero poder desde la luz.

Luego de muchas vidas, donde los guerreros de luz han sido de todos los bandos para conocer las facetas, para entender cuál era el camino, y entendieron que solo era el amor, parecía difícil, pero es el más fácil

porque todos lo llevamos dentro, es solo activarlo, a través de la conciencia despierta, todos los elementales y seres estelares se dejan ver porque no se sienten vulnerables ante los seres despiertos, aun no se dejan ver de todos para conservar su vida, si bien el ego no desaparecerá del todo, estará presente en la vida humana solo que en los seres despiertos cuando deseen gritar y dominar en cada momento les enviarán luz y amor y este no podrá gritar como está acostumbrado solo hablará en voz baja pero la luz será más potente.

Cada vez el ser humano es consciente que la mente es un elemento crucial para conectarse con los seres invisibles, con su divinidad, mientras que estén encarnados se deben cuidar los pensamientos, porque es completamente crucial "lo que se piensa se manifiesta" y es así como han venido creando esa conciencia a los habitantes de la Tierra, se puede crear desde el miedo o desde la confianza, dependiendo de lo que se piense se manifestará.
Estas conexiones no solo serán al interior del planeta, sino que podrán hacerlo en todo el universo y en todas las dimensiones posibles, de ahí el entendimiento de que somos seres multidimensionales. Ya estando la luz instaurada en la Tierra cualquier ser podría despertar del sueño solo requería voluntad y valentía para entender el proceso

del despertar, todo sucederá tal y como es en el tiempo perfecto. Talib estaba extasiado con la información, no entendía cómo Dalil podía almacenar tanta información durante un largo período de tiempo.

7. ¿Existen Las Sirenas?

Aun así el chico seguía con muchas preguntas, su guía le decía que podía preguntar lo que quisiera solo que no todo se lo podría responder en el instante, pero Dalil le dijo que luego continuarían con más información, ya que estaba tarde y que al día siguiente iría a la playa y allí se podría conectar con el mar, el sol, la arena y el viento, el lugar mágico donde confluyen los cinco elementos, agua, Tierra, aire, fuego y tú el quinto elemento, que representa el amor, que los une a todos y se convierten en uno solo, ve y disfruta y recibe las bendiciones que te trae el vivir cada instante, siente los olores, sabores, medita un rato con los elementales, del lugar y hasta de pronto veas sirenas en el mar.

El chico con emoción en los ojos y pregunta entusiasmado ¿las sirenas existen? Su guía se rio con un toque de sarcasmo y le dice claro que existen, pero se ven con los ojos del corazón, el chico no entendió muy bien a que se refería ver con los ojos del corazón, pero esta vez el guía le dijo que luego lo entendería.

El guía conocía al chico, sabía que se pondría en la tarea de averiguar por todos los medios hasta encontrar las respuestas, se quedó pensando en eso, tardó mucho en dormirse, pensaba que de pronto debía cerrar los ojos físicos para sentir los otros, o estando en silencio, antes de dormir sintió que lo entendería solo cuando permaneciera en el mar, como se lo dijo su guía.

Al día siguiente, el chico tuvo un día muy movido, debía levantarse muy temprano, para poder viajar, su familia tenía un ritual antes de salir, que era todos bañarse con agua fría y solo tenían un baño, desayunar así no sintieran hambre porque tenían la costumbre de antes de salir siempre debían desayunar, terminar de empacar y debían salir con mucho tiempo de anticipación porque a su padre Mathabir no le gustaba llegar tarde, prefería que las esperas fueran en el lugar de salida, siempre llevaba consigo un libro para pasar el rato se ponía a contarles historias a Talib, Qui y Dhahak y a la madre Tadamin. Las historias eran muy divertidas, salían de su imaginación y los llevaba a lugares impensados, los mantenía alerta a los desenlaces y se emocionaban con los cuentos mágicos, el tiempo transcurría rápido, a pesar de las esperas tan largas.

Cuando se llegaba la hora de abordar al avión, a pesar de que a Talib le daba un poco de temor, disfrutaba del viaje, y al estar sobre las nubes hacía ejercicios mentales para tratar de ver con los ojos del corazón, todavía lo tenía inquieto el tema. Pensaba para sus adentros, será posible que algún día logre ver con esos otros ojos que decía Dalil, y se entretenía descifrando figuras en las nubes, deseaba ver algún invisible en las figuras de las nubes. Cuando aterrizaron, se puso ansioso, quería estar en el mar, debía juntar los cuatro elementos como se lo contó su guía, lo sentía como una tarea y no quería incumplirla, por ello hacía lo que le instruían, sabía que le llegarían cosas muy buenas y muchos aprendizajes.

Llegaron al hotel y sus hermanos corrieron a cambiarse para meterse al mar, si bien ellos tenían otro propósito para meterse, el chico mostraba interés por los asuntos de ellos así a veces no le parecía tan divertido como ver invisibles, una vez llegaron sus hermanos se lanzaban a las olas jugando y el chico aprovechó para hacer su tarea, haciendo un esfuerzo de juntar los cuatro elementos pero no lograba ver nada, lo decepcionaba mucho y pensaba que era un fracasado y que en realidad no era la persona para hacer esa tarea. Continuó los dos días siguientes buscando la manera de conectarse, cerraba sus ojos, cogía un puñado de arena y en otra agua y la ofrecía al viento y al sol, pero nada pasaba.

Al tercer día, dijo para sí mismo, no vuelvo a intentar nada, y ese día jugó todo el tiempo con sus hermanos y lo repitió el cuarto día, disfrutó mucho el juego tanto que ya había olvidado la tarea. El quinto día, ya regresaban a casa y decidió irse a despedir al mar, el vaivén de las olas le encantaba, disfrutaba su sonido, se concentró tanto que se acostó en la arena, a mirar el sol y sentir el viento, cerró sus ojos y sintió que su cuerpo se fundía con la arena y comenzó a sentir el sol, el viento y el agua le rociaba los pies, sintió unirse en uno solo, fue un momento mágico, todo su ser se unió a los cuatro elementos, formando una sola fuerza, fue simplemente juntarlos, **"lo difícil es creer que es fácil"**, sin esfuerzos, solo entregándose al momento, la sensación en su cuerpo era de alegría y bienestar, también notó que todo sucedió en el silencio, la calma, la paz, que llegó a ese encuentro tan esperado, entendió que era conectarse con el alma a través del silencio, el reconocerse como parte de la naturaleza, se quedó dormido por un instante.

Escuchaba su nombre de lejos cuando abrió los ojos era su hermano Dhahak, le pedía que se apurara que ya iban a salir de regreso a la casa y debían estar temprano en el aeropuerto, tardó unos segundos para reaccionar, se paró y corrió al carro en el que se irían para el aeropuerto y a diferencia del anterior viaje, en este de regreso durmió todo el camino y a pesar que no vio las sirenas ya sabía cómo podía volverse a conectar con el mundo invisible, sabía que una vez descubierto el camino ya no habría retorno, siempre lo encontraría cada que quisiera.

En esa semana que siguió, Talib quería contarles a todos sus amigos la experiencia que había tenido, como siempre que quedaba con esa sensación de compartir sus experiencias, pero sabía que no era posible hablar de esos temas, no entenderían inicialmente y pensarían que estaba loco (aunque **estar loco en un mundo que todo está al revés es un honor**, le decía Dalil, cada que te sientas como un loco o te lo digan es la confirmación que vas por buen camino, porque "los normales" solo estarán repitiendo patrones ya establecidos el loco se sale de ellos y sigue el llamado de su corazón) también podrían pensar que le hizo daño tanto sol, en fin, debía controlar sus emociones y guardarse el secreto hasta que tuviera la señal para contarlo.

Dalil era quien lo podía orientar y entender, aunque fuera invisible su comunicación había mejorado y ya fluía sin ningún esfuerzo, su guía sabía que debía dejar espacios para que el chico procesara información y para que afrontara compromisos él mismo sin el apoyo de él u otra persona, su acompañamiento era solo para enseñarle un camino o más bien recordárselo, pero quien debía recorrerlo era él mismo.

Al otro día, Talib se alistó para ir al colegio, estaba muy recargado de energía, continuaba con ganas de gritarle al mundo su vivencia, fue tanta su emoción que sus compañeros de colegio inmediatamente notaron algo extraño en él, lo comenzaron a molestar diciéndole que había conseguido novia en el paseo o qué era lo que lo tenía tan feliz. Lo extraño es que nos enseñan a ser víctimas, a sentirnos tristes o desahuciados, cuando alguien está feliz, es un estado extraño para los demás, piensan que pasó algo extraordinario pero no necesariamente debe pasar algo, es nuestra elección que la vida sea un paseo, que estemos felices, que disfrutemos cada instante, esto debería ser lo cotidiano, pero a veces se juzga a la persona que se comporta así porque se considera peligrosa, algo guarda porque no es normal que este eufórica y disfrute la vida tal y como llega.

Estando en clase de matemáticas, debía hacer un taller, el cual terminó lo más pronto que pudo y se puso a dibujar para no interrumpir, el dibujo lo transportó a un lugar, al principio él no sabía dónde estaba, al cabo de un rato identificó que estaba en una cima de una montaña llena de neblina, vio a una figura humana que se acercaba y se dirigía hacia él, era su guía, lo notó un poco distinto y tardo un rato en reconocerlo, había pasado mucho tiempo sin tener contacto, esto ya le extrañaba al chico, se sienta y lo mira a los ojos y le dice, cuando te conté la historia del inicio de la Tierra, te dije que en el momento de la explosión de la gran estrella fue cuando ingresó al hoyo negro, allí ha permanecido, allí ha evolucionado su sistema solar, con los planetas, especialmente la Tierra, han permanecido en ese lugar por eones dentro del hoyo negro, como su característica principal es la dualidad de ahí que este planeta sea uno de los más apetecidos para tener experiencias de crecimiento espiritual.

Esta condición nos permite experimentar el bien y el mal, es mágico experimentar como alma estar dentro de un cuerpo humano, se viene a una escuela del amor, se llega todavía con la información de la fuente que es el amor puro y se tienen experiencias fuertes de odio, celos, rabias, desesperación, soledad y cuanta emoción se pueda sentir, con el único fin de despertar el amor y la luz que somos, vibrar en frecuencias avanzadas no importa cuál sea la experiencia que se tenga, es siempre estar concentrado de quién es y su propósito en la vida, que es tener una vida humana, siendo totalmente conscientes de la luz que somos, que nos pertenece por derecho divino la abundancia.

El hecho que la Tierra esté dentro de un hoyo negro, implica muchas cosas, primero que la evolución que debía realizar para ser ahora un espacio apto para los seres que la habitan, le implica un esfuerzo, dedicación y pasar por un proceso de transformación, por eso es nuestra gran maestra, sabemos que, por su desarrollo, cada que algo experimenta un cambio siempre debe esforzarse y aceptar lo que viene con ello. Segundo, en la medida que sus ocupantes despiertan del sueño de la inconciencia, deben sanar las heridas del pasado sean conscientes o no, sanar las memorias de dolor y sufrimiento, que ha causado tantos momentos de angustia, desconfianza, y se han trasmitido de generación en generación, a través de linajes por eones sin poder parar la rueda de las desgracias en familias enteras, han repetido patrones de dolor, violencia, odios, rencores.

Tercero, darnos cuenta que estamos dentro de un hoyo negro, porque esta inconciencia nos paraliza, nos hace luchar y esforzarnos por donde no es, una vez se identifica realmente por dónde debemos transitar y esto solo se logra cuando la conciencia se eleva, cuando nuestro corazón domina nuestros pensamientos y acciones, ahí lo podemos ver, cuando el mundo entero sepa que estamos ahí metidos conseguiremos conjuntamente la salida, el nivel de crecimiento cambia totalmente y entre todos podríamos salir de allí, ya la ciencia ha logrado identificar que la Tierra esta acá metida, por ello saben que la tecnología que tienen en la actualidad no les permite ni hacer largas travesías ni tampoco atravesar hoyos negros para ver que más hay por fuera.

Adicional cuentan con 4 fuerzas de la naturaleza que interactúan en el universo, la electromagnética, la nuclear fuerte, la nuclear débil y la gravedad, solo falta un quinto elemento para la salida de la Tierra, los científicos aún están investigando no saben si tiene que ver con la materia oscura, pero no la han descubierto, todo surge porque los científicos hacen una pregunta si vivimos en una singularidad y a partir de allí comienzan a investigar sobre el tema. Lo cierto es que el quinto elemento en temas espirituales es el corazón, es decir, una vez comencemos a sanarnos y liberarnos de cargas, le ayudamos a la Tierra a que sus cargas vayan alivianándose.

Cuarto, en la medida que los ocupantes de la Tierra sanan, liberan de cargas del planeta, y van generando menos peso a la misma, pierde densidad el planeta, se aliviana, y así cada que alguien sana va soltando anclas, luego quedará tan liviana que podrá salir del hoyo negro como si fuera un globo de helio, se elevará y podrá salir al espacio exterior, sus vibraciones tendrán que estar altas para poderlo lograr, ya que si todos sanan y liberan la Tierra del peso de las emociones, respiramos en un mismo corazón, vibramos en amor los ocupantes de la Tierra con ella misma, sintiendo, actuando como uno solo.

Es el momento de pasar a un nuevo ciclo de vibraciones altas, ya que todo el universo o el sistema solar que inició este acontecimiento, ya evolucionaron y ya ascendieron, por ende salieron del hoyo negro, si bien aparece todavía el planeta físicamente solo lo vemos en tercera dimensión, por ello cuando desde la Tierra se envían robots, astronautas o naves a esos demás planetas solo ven vestigios, tierras baldías, en cada planeta explorado, porque al estar en otro nivel vibratorio de 5ta dimensión, no se logra ver desde la tercera que esta la Tierra, estos aparatos o los humanos encargados de inspeccionar no logran ver más allá de sus ojos físicos, y no ven nada porque todo está en 5ta dimensión, la dualidad también juega un papel importante es como si hubiera un gemelo dentro del hoyo negro y otro afuera de él más evolucionado.

Si la ciencia avanza a tal magnitud que vayan a inspeccionar con aparatos de quinta dimensión, podrían ver construcciones y seres en cada planeta, porque la ascensión de un planeta se hace con todos los ocupantes de ahí la importancia de tomar conciencia colectivamente. La cual requiere pasar por las 4 etapas mencionadas y contar con el libre albedrío de todos, aun así, puede pasar que, si se dé la ascensión con algunos ocupantes que no quieren hacer la evolución, igual el planeta lo hace y estos seres deben retirarse del planeta y tener su experiencia en otro que esté bajo tercera dimensión o menos y de allí comenzar el proceso de nuevo con la rueda de vidas y experiencias. En el caso de la Tierra, los animales que se han extinguido, los veremos de nuevo cuando el planeta este en 5ta dimensión, porque en últimas no desaparecieron solo trascendieron a otro nivel vibratorio y de allí nos observan.

Conocer esto nos da una luz de esperanza, confianza, en lo que nos han dicho a través de varios personajes en la historia que han venido a alertar a la humanidad de circunstancias que pudieran ocurrir para que no nos desviemos, nos han recalcado que no estamos solos, que debemos tener fe de que todo estará bien , que nos acompañan y nos cuidan los invisibles, aquellos seres de luz que ayudan a los humanos desde otra óptica, otra perspectiva, nos guían así no los veamos, permanecen allí, sin falta dejando señales, enviando luz, sembrando semillas de luz y esperanza, y esperando pacientemente que los humanos despierten.

Las almas guerreras, esos primero valientes que fueron seleccionados para instaurar la luz y tener esta maravilloso experiencia, esos 144.000 héroes, almas escogidas, han permanecido en la Tierra voluntariamente por eones, primero experimentando en especies animales, plantas, siendo humanos de diferentes razas, para pulir sus almas, han pasado muchos sucesos hasta llegar a este punto, este gran momento del despertar, siguen firmes con su compromiso del espíritu, de traer la luz y vivir en amor y unidad, traer el cielo a la Tierra e instaurarlo por la eternidad, porque ya más nunca se volverán a estados de inconciencia luego de pasar por este proceso.

Y aunque no ha sido nada fácil para ellos, por millones de años, cambiando de cuerpo siendo buenos y malos, solo para recoger experiencias y hoy tener la convicción de que por ninguna circunstancia debes maltratar a las personas y los animales, ni violentarlos, han aprendido que en últimas que es el ego quien nos lleva a estas acciones y nos incita hacer esas cosas que dañan a los demás y a uno mismo y que solo el amor, el vibrar alto siendo conscientes a cada instante, viviendo el momento podemos tener experticias no tan buenas y reaccionar desde el amor con toda conciencia.

Esto nos recuerda que somos magnificentes que se refiere a recordar la divinidad, la grandeza de nuestra alma es manifestar la sabiduría divina, es despertar el poder de sanación, cuando un humano despierta su magnificencia sabe que todo lo puede, que es poderoso, que tiene la capacidad de enfermar y a su vez regenerar su cuerpo solo con un pensamiento. Por ello lo importante de cuidar los pensamientos que sean positivos que ayuden a crecer, a crear lo que realmente queremos ver desde el amor y no desde el miedo, que hace que los humanos creen el dolor justamente atraen lo que no quieren.

Cuando los guerreros antiguos despiertan como seres de luz se convierten en una antorcha, en la guía para muchos, muestran los caminos y dejan las semillas de luz para que cuando pasen las almas que se deciden a emprender la ruta ya encuentran un sendero lleno de luz y amor, mensajes y señas que les permiten saber por dónde seguir y qué cuidados tener, su transitar se aliviana, esa es la gran misión de los guerreros de luz.

Por ello, es importante ser conscientes de lo que somos, y repetir a cada instante y sobre todo en momentos de dificultad, “yo soy magnificente”, “yo soy uno con Dios”, “yo soy uno con el creador”, “yo soy uno con el universo”, son mantras muy poderosos que elevan la frecuencia y suben la vibración en amor y luz, nos sentimos poderosos, capaces de todo, creadores de nuestra propia realidad, sabemos quiénes somos, de qué estamos hechos y de lo que somos capaces de hacer, luego que se siente toda esta magnificencia la responsabilidad es trasmitirla sobre todo a los niños, que llegan con la inocencia y con la información reciente de su lugar de origen, esta orientación es crucial en edades tempranas porque esto marcará la pauta de lo que harán ellos en la vida y cómo la asumirán.

Si les recuerdas que son magnificentes se lo creerán, y lo crearán y así se manifestará en toda su vida. Pasa lo mismo que le digas a un niño que son inútiles, o palabras destructivas, también se lo creerán y no serán capaces de emprender nada o lo podrán transformar en agresión y violencia. Esto demuestra la importancia de cuidar las palabras hacia nosotros mismos y lo que decimos a otros marcará positiva o negativamente a cada individuo que se le dirija la información.

Cada enseñanza que recibía Talib, la llevaba a la práctica, siempre que se presentaba una situación difícil tenía la necesidad interior de implementar lo aprendido y así introyectar la información que recibe constantemente y transitarla en la medida de lo posible, siempre respetando el libre albedrío, Dalil se ponía muy feliz que el chico se interesara por estos temas y que adicionalmente lo aplicara en su vida. Eso le daba más ánimos para seguir hablando de estos temas y mostrar todo sobre los mundos mágicos que había dado a conocer y los que faltaban, ya que todavía quedaba más por descubrir.

8. El regalo de cumpleaños

Estaba próximo el cumpleaños de Talib, estaba muy ansioso, le gustaba cumplir años y que se lo celebraran, le gustaba ver su casa llena de gente, y como cualquier niño le encantaban los regalos, partir la torta y decir que ya estaba más grande.

Dalil aprovechó la magna fiesta para celebrar, lo acompañó en la fiesta que le hicieron y a pesar que nadie lo veía, el disfrutaba ver de nuevo esas caras que fueron amigos o familia, eso lo llenaba de mucho sentimiento y en parte melancolía, porque compartió muchos momentos alegres con todos, amaba estos encuentros, verlos reír, contar historias, no tenía precio para él, aunque sabía y entendía que su lugar por ahora era ser invisible si deseaba a veces volver a estar en cuerpo para experimentar esas emociones y sobre todo poder dar un abrazo a sus conocidos.

Esperó que todos se fueran; el chico estaba tan eufórico que su guía prefirió darle la sorpresa al día siguiente ya que quería que él estuviera muy descansado debido a que con los recorridos podría agotarse. Al día siguiente, el chico continuaba muy

eufórico, y nuevamente Dalil pospuso nuevamente lo que tenía planeado hacer hasta que el chico pudiera estar en toda disposición.
Los días pasaron y el chico no aterrizaba aún, seguía inmerso en los juguetes, se divertía con sus amigos, y fueron pasando los días, meses y años, Dalil seguía esperando, sabía que en algún momento se podría volver a contactar con el chico, solo lo observaba y veía que a veces que olvidaba lo que habían hablado en tantas noches de recorridos a los lugares mágicos, si bien eso lo movilizaba un poco entendía que era el proceso normal, en el que el ser humano pasa por diferentes etapas, períodos que te ayudan a experimentar nuevos aprendizajes y en el momento perfecto todo sale a luz.

Cada persona tiene las vivencias que su alma eligió de acuerdo el plan divino de su alma, por eso no se debe intervenir en el libre albedrío, cada ser sabe en su infinita sabiduría, qué camino debe seguir y en qué momento lo hace, en últimas nadie se equivoca, elige unas experiencias para aprender pero es el camino perfecto, hay veces que se requiere caer al pantano, sumergirse y salir renovado, victorioso, es lo que se llama la noche oscura del alma, cuando se caen las creencias y estructuras externas y comienzas a ver las tuyas propias.

Esta noche oscura del alma, lleva a las personas a lo más profundo de su alma, lo sumerge a lo más íntimo, se descubren los miedos, los traumas, sentimientos, y emociones guardadas, odios, salen a la superficie todos los temores para ser sanados. Es una experiencia fuerte a nivel humana pero necesaria para alivianar cargas, soltar lo viejo y renovarnos, pero como su nombre lo dice, es una noche oscura que no necesariamente es una noche, puede durar días, meses o quizá años, hasta que el ser se dé cuenta de la transformación a la que debe someterse para liberarse.

Se llama la **noche oscura, es porque el ser pasa por un momento de oscuridad y no ve salidas a muchas cosas, es una sensación de estar dentro de un pozo de agua profunda, oscuro y que no sabes cómo salir o quién te puede ayudar**. Es una soledad profunda así estés acompañado, es un desconsuelo, se pierde el norte, pero una vez que sueltas el control lo entregas a la luz, experimentas paz, tranquilidad, ves cómo la bruma se va poco a poco, sales victorioso, con dolor pero libre ya que nada será igual, podrás ver cualquier situación con amor, tomarás solo el aprendizaje y entenderás que todo pasará, lo bueno o lo malo en términos terrenales son aprendizajes, lo demás son juicios de valor, que al estar en la luz comienzas a tener la verdadera experiencia humana donde se baja el cielo a la Tierra.

Un día Talib, salía para la escuela y vio en el camino una pluma que se movía al compás del viento, él, inquieto como siempre, trató de cogerla, pero se volvía a mover, continuó detrás de la pluma hasta atraparla, una vez la tuvo en sus manos se percató que había unos pies al lado de ella. Miró detenidamente y para su sorpresa era Dalil, "qué alegría" exclamó el chico, y le dijo: "amigo, cuánto tiempo sin verte, por qué me abandonaste", al guía no le quedó más que reír, y le exclamó:" mi querido amigo, siempre he estado acá, nunca me fui".

El chico lo miraba asustado, "¿por qué no te volví a ver?" le preguntó, y él le respondió: "porque lo que hemos hablado y aprendido todo este tiempo es que el alma cuando encarna se hace merecedora de poseer la libre elección, esto funcionó a todo nivel, por ello los invisibles, solo podrán intervenir cuando se les permita, no podrán jamás hacer cosas o influir sobre los humanos sin su consentimiento".

"Por ello, mi amado amigo, no me fui, solo esperé en silencio que quisieras volver a volar, a recordar quién eres, y a qué viniste (tu propósito), solo cuando tengas la valentía y el coraje de transitar un camino distinto, el que tú mismo labras, cuando hables con el corazón, y veas la luz en cada situación y personas, cuando por tu propia voluntad busques a los invisibles para recibir orientación, paz, tranquilidad, armonía, ese día, en ese mismo instante, las puertas de la divinidad se abrirán y te brindarán con las alas llenas de amor toda la sabiduría, solo hace falta que tú lo decidas y nunca más te sentirás solo".

El chico sonrió y le preguntó: "¿aun tienes mi regalo de cumpleaños de hace algún tiempo? Me quede esperando y nunca llegó". Para su guía el regalo que tenía para el chico era muy importante, era especialmente para él y no se podría dar a nadie más, por eso esperó que estuviera listo para recibirlo. Había llegado el momento y estaba ansioso de poder compartir algo tan valioso, lo llevaría a recorrer los campos dimensionales de los que tanto le había hablado, le explicó que el único requisito que se necesitaba era aumentando el campo vibratorio como ya lo había hecho en otros momentos, para poder verlo solo se podrá a través del corazón.

El chico ya tenía algo de experiencia en vibrar alto, era un estado meditativo que ya conocía, gracias al apoyo que le había dado Dalil en todo el proceso, que con su orientación y paciencia había enseñado o más bien recordado cómo se conecta de nuevo con el espíritu.

El chico continuó su camino para el colegio y, como era de costumbre, atravesaba un bosque en la mitad de la ciudad, cuando pasaba por allí sentía que la ciudad desaparecía, solo escuchaba los pájaros, búhos, y a veces veía figuras en los árboles, en sus troncos y ramas, flores, piedras, se sentía muy acompañado cada que pasaba por allí, no sentía miedo, imaginaba que todas esas formas eran sus amigos, porque en su colegio tenía pocos, pasaba despacio tratando de descifrar más imágenes, en cada objeto, en realidad para él era muy divertido. Había días que sentía que las figuras se movían, no le causaba miedo, pero cuando sucedía volvía a mirar incrédulo la realidad, y evidenciaba que estaban quietos.

En esa ocasión cuando comenzó a caminar hacia el bosque identificó una figura que no se movía, pero no desaparecía, pareciera que lo estaba esperando, su deseo era ver hadas, nomos, y los elementales, pero no lo lograba por más esfuerzo que hiciera por concentrarse, al igual que con las sirenas que no las podía ver en el mar, se debía vibrar alto y disponerse a ver con los ojos del corazón.

Ese día continuó su rutina de ver las figuras. En un momento se sintió atraído por un árbol gigante, quería abrazarlo, luego de pensarlo mucho, se acercó y estiró sus brazos, y notó como si el árbol lo abrazara, se abrazaron y el sintió unos brazos cálidos que lo cubrían, eran suaves y amorosos, tanto que el chico no quería soltarlo, se sentía seguro, y se sumergió en él hasta volverse uno solo, cuando abrió sus ojos se vio en un lugar diferente, estaba en un pasillo a media luz con muchas puertas de colores, por momento se iluminaba más el pasillo por partes, y observó que estaba su amigo Dalil sonriendo como era su costumbre.

Siempre mantenía una buena disposición para hacer las tareas, la calidez era su característica principal, no le había conocido disgustado o el uso de malas palabras ante los demás, era impecable con la palabra, educado, respetuoso, tenía una palabra amable con cada persona que se relacionaba, le indicó que podía escoger la puerta que deseara y ese sería su regalo de cumpleaños, el chico lo miró dudoso y preguntó qué se va a encontrar en cada uno de ellas, el guía le respondió que el lugar funcionaba como plataforma para ingresar a los campos dimensionales de la Tierra, allí encontrarás razas, civilizaciones desaparecidas, animales extinguidos, personajes mitológicos,.

"¿Qué? ¿Estás diciendo que puedo ver seres mágicos de la mitología? ¿A los gigantes, dioses, hadas?"

Preguntó el chico. "Sí", respondió Dalil, podrás verlos en cada una de las puertas que están ahí para tu disposición, esto ocurrió porque una vez que la Tierra se sumergió en bajas vibraciones a causa del ego, todas estas especies y civilizaciones quedaron en campos dimensionales diferentes más altos, y por eso no los podemos ver pero ellos sí nos ven, son invisibles al ojo humano y los han visto aquellos que permiten que su corazón sea quien los guie y no el ego que nos lleva por caminos largos, oscuros y confusos, de mucho aprendizaje para el alma, pero que te hacen perder por territorios desconocidos, y llenos de miedo, dolor e incertidumbre.

Ellos en las dimensiones donde están nos observan y esperan pacientes nuestro despertar, porque saben que lo haremos cada uno en su momento y lugar según la disposición del alma y su propósito, lo seguro es que hasta la última alma en el planeta ascenderá con su cuerpo para por fin a vivir como en el cielo estando en la Tierra, viviendo como ángeles metidos en un cuerpo.

El chico observaba el lugar quería conocer y abrir todas las puertas, sabía que era con calma, pero sabía que lo haría en poco tiempo. Cuando se decidió dijo, quiero ir allí y señaló la puerta de los seres mitológicos, Dalil le indicó que la puerta para acceder a ese mundo es a través de otra puerta la cual señaló, "¿Cómo sabes dónde está cada puerta?" A lo que le responde el guía, "Es sencillo. Solo debes cerrar tus ojos, visualizar dónde quieres ir y sentir en el corazón", el chico hizo lo que le dijo el maestro y vio dragones volando, cuando abrió los ojos supo que era la puerta verde, Dalil asintió con la cabeza.

El chico corrió a abrirla y su guía, como siempre, lo siguió para acompañarlo. Una vez la tocó, esta comenzó a moverse como si fuera gelatina, miró a su maestro para esperar la aprobación. Éste, con un gesto, le dice que Sí y al poner la mano en el centro de la puerta en movimiento se comenzó a abrir como una espiral desde el centro hacia afuera y salió de adentro un aire que los succionaba a los dos y una vez adentro la puerta se cerró en un instante y desapareció como quien no quiere permitir el ingreso de nadie más.

El chico buscó a su guía con la mirada, sentía mucho miedo de estar allí, lo miró y tenía una figura de centauro y afortunadamente conservaba el mismo tono de voz, de lo contrario el pobre Talib correría desesperado, para salvar su vida. Dalil se reía a carcajadas, disfrutaba mucho cambiar de apariencia y al mirar al chico más reía, "¿No te has visto?" Le pregunta al chico sin parar de reír, al mirarse las manos se levantó de un brinco, "¿Por qué están así?,

¿volveré a estar igual?", su maestro le dijo que una vez salieran de aquel lugar él volverá a su estado físico que tenía, pero jamás será igual después de esta experiencia.

"Qué alivio" pensaba el chico, al revisarse vio que tenía un pantalón café, camisa blanca con manga larga, cabello rojo, orejas puntiagudas, la mano con cuatro dedos, y un sombrero verde, y su tamaño era pequeño, inmediatamente se hizo sentir, "¿Por qué yo como un nomo?, era mejor ser un dragón". Su guía lo miraba y le dijo que ya entendería más adelante las razones de la figura que habían adoptado, por lo pronto, deberían salir de esa cueva, "súbete a mi lomo que nos espera una larga caminata".

El chico se subió rápidamente, y le dijo "arre" y le dio un puntapié y rio a las carcajadas, le dijo "ya entiendo por qué debía ser el nomo, para que tú me llevaras a caballo". El centauro primero observa el lugar antes de salir de la cueva. Era un lugar hermoso, el chico no podía creer lo que veían sus ojos, era un prado inmenso con diferentes niveles topográficos, En el centro se podía ver una llanura verde con flores de colores y majestuosas, el centauro hace un sonido que indicaba que ya estaban listos y corre por el prado, su cola se movía imponente, se deslizaron por todo el lugar disfrutando del paisaje, el chico se extrañó

mucho que las flores del jardín se movían y los saludaban y les gritaban en una sola voz **"vayan con cuidado, no olviden, disfrutar y sonreír cada paso que den".**
Talib les movía la mano en señal de saludo y extasiado de lo que estaba viendo, flores que hablan y tienen vida se decía para sí mismo. Todo tenía vida, los insectos que volaban cerca los saludaban, "hola amigos, bienvenidos", todos eran tan amables, el ambiente era cordial y amoroso, los seres que allí estaban eran felices y estaban tranquilos sin problemas, Dalil le decía, es cierto, ellos no saben que son los problemas, nunca los han tenido, saben que lo que sucede hace parte de lo que deben vivir, por eso no se preocupan, solo fluyen con el sol radiante, porque en este lugar nunca se hace de noche, siempre hay sol, luz del día, solo oscurece en los sitios donde los seres lo requieren.

El chico le dice muy emocionado que quería ir a ver dragones, a lo que le dice su guía, podemos ir luego que visitemos a un amigo, y sé que te encantará. Llegaron a un lugar lleno de árboles, que los saludaban, y dieron la venia una vez pasaban, les dieron la bienvenida también, con el movimiento de las ramas hacían unos sonidos muy melodiosos para sus oídos, era un ruido fuerte, pero se sentía mucha paz, hablaban entre ellos y decían que los estaban esperando, los visitantes continuaron el camino del bosque hasta encontrar una casa de madera, con chimenea, el lugar no era oscuro, pero tenía tantos árboles que tapaban un poco los rayos del sol.

Llegaron hasta la puerta, al principio parecía que no habitaba nadie, luego de un rato, cuando se bajó el chico del centauro, tocó la puerta tres veces y nadie les abrió, se sentaron y comenzaron a notar que habían en el cielo varias aves que volaban y los observaban, otras estaban paradas en los árboles y también los miraban fijamente, habían águilas, garzas, azulejos, cuervos, todos mirándolos y en silencio, hasta que dieron la señal y de pronto se abrió una pequeña puerta de madera que estaba en una árbol majestuoso, y frondoso y salieron de allí, muchos nomos tocando el tambor, flauta, y los rodearon y les tiraban pétalos de rosa de colores fluorescentes, de inmediato, las aves gritaban frases de bienvenida, que hacían sentir a los visitantes mucha alegría de ver tal recibimiento de sus amigos.

Los nomos al son de la música dirigían a los recién llegados al lugar que los estaban esperando, abrieron la puerta de la casa y todos entraron y encontraron a un personaje que estaba dando la espalda, vestía una capa larga café y verde, el cabello muy extenso, liso y blanco. Cuando volteó, su barba también era blanca y larga que le llegaba casi al cordón que tenía amarrado en la cintura, les sonrió y les dijo: “Querido Dalil, de nuevo por acá, veo que nos traes un nuevo aprendiz, sabes que para mí eres bienvenido al igual que tutús acompañantes y ¿cuéntame para qué soy bueno?”. Con su sonrisa el centauro, le respondió: “Mi amigo desea ir donde los dragones y sabemos que no podemos ir sin tu ayuda, necesitamos las pócimas para ser invisibles ante ellos, pasar desapercibidos y sabes mi mago Merlín, que como tu ninguno para saber cómo hacerlo”, dijo Dalil.

El mago soltó una carcajada, y le contestó con una afirmación: “Claro que lo haré, solo me deberán esperar unas horas para prepararlo, ya que hace rato nadie pasaba por acá para pedir pócimas para ir al valle, ya se han vuelto más tranquilos y han perdido el interés de quemar personas con su fuego”, rio el viejo y daba la impresión de estar demente. El chico, una vez escuchó el comentario de Merlín, se angustió un poco, pero no lo manifestó abiertamente, no entendía si aquel lugar estaba lleno de amor y felicidad y se habían encontrado seres maravillosos por qué justo los dragones que eran su pasión y lo que más deseaba ver, eran los más peligrosos. Mientras pensaba todo esto, el mago hacía la poción y el centauro jugaba con los nomos, entre ellos hacían escalera para subirse a él y luego se tiraban por la cola simulando un tobogán de niños.

El mago llamó al chico para explicarle lo que hacía y cómo. El niño fue y se interesó mucho por saber el procedimiento, el viejo aprovechó el momento para tranquilizarlo y le dijo en su oído, "No temas, los dragones no son malos, son inofensivos. Ellos usan las pociones porque no hablan solo expulsan fuego y una vez ven a un visitante quieren darle la bienvenida, pero solo sale de ellos fuego, por eso cuando alguien como tu quiere ir, toma la poción para evitar que lo calcinen de la emoción". El chico lo miró sorprendido y en su mirada mostraba más tranquilidad y una risa nerviosa se apareció en su rostro.

Contestó con un tono de frialdad, "Está bien. Trataré estar de nuevo sintiendo emoción, siempre ha sido mi sueño verlos, ¿también los puedo tocar?" Preguntó y el mago le contestó afirmando con la cabeza y continuó diciéndole: "Lo puedes hacer solo que deben tener cuidado porque la pócima tiene un período de actuación, tendrán que apurarse a verlos y salir rápido de allí". El chico ya no sabía en verdad si tenía deseos de ir, eran demasiados requisitos para cumplir su sueño, pero no se atrevería a decir nada viendo cómo habían hecho todo para que él pudiera ir, solo se dispuso a seguir instrucciones.

Pasado un rato, en el que el mago juntó las pociones, las puso al fuego, les aplicó plantas sagradas y exclamó con una voz de canto de ópera, "está listooo", los dos visitantes corrieron a la cocina para atender el llamado, cogieron con rapidez los vasos y el viejo les hizo la señal para que lo hicieran despacio. Ellos bajaron la velocidad, lo tomaron despacio y se miraron indicando que debían salir rápido de allí, el mago al ver que se alistaban para salir, se les acercó con mucha suavidad y les habló pausado: "Esta otra pócima la deben tomar cuando pasen el valle de las hadas, esto les dará tiempo perfecto para que actúe y el efecto dure hasta después que salgan del valle de los dragones, recuerden que la estadía allá es máximo 15 minutos el efecto".
Los visitantes agradecieron el buen gesto del mago por haberlos ayudado, Dalil siempre lo buscaba en circunstancias que necesitaba su ayuda y su actitud era en todo momento de ser servicial y eran amigos hacía mucho tiempo. Cuando salieron de la casa todos los nomos y aves que había en el lugar los aplaudieron en señal de despedida y les desearon mucha suerte y un buen viaje. El chico se montó en el lomo del centauro y guardó las pócimas en su mochila.

Se despidieron haciendo una venía a los habitantes de aquel lugar mágico, corrieron por todo el bosque. Sabían que debían apurarse por las recomendaciones que hizo el mago, el sol estaba radiante, ellos se afanaban, pero no perdían de vista el paisaje y la majestuosidad de todo cuanto se encontraban a su paso, al cabo de un rato de estar galopando, vieron de lejos, al lado del camino, un mar extenso y se percibía, unas sirenas nadando, eran reales, los ojos del chico no podían creer lo que estaba viendo.

En su imaginación, cuando era pequeño pensaba que las sirenas hacían parte de una invención y que solo estarían en los cuentos, logró ver cómo una de ellas se salió del agua y se posó en una piedra, y les movió la mano en señal de saludo, Dalil le respondió con un sonido de alegría y Talib se paró en el centauro para hacerle una venia, las demás sirenas comenzaron un baile en el agua como si estuvieran haciendo un espectáculo de nado sincronizado; los colores de sus aletas brillaban en cada giro que hacían y el sol iluminaba cada movimiento volviendo el instante lleno de colores y sensaciones.

Cuando pasaron el lugar, el centauro le dijo al chico, “La sirena que estaba en la piedra es Mirella”. “¿Cómo sabes su nombre?” Pregunta el chico: “He venido a este lugar varias veces y somos amigos, así como con los demás seres de este lugar”. le respondió. “Como lo has podido notar, las personas en este lugar son muy amables y joviales”.

Continuaron el camino, por instantes se apoderaba de ellos un silencio, pero no era incomodo más bien era meditativo, cada uno iba contemplando el lugar y podía ver cosas hermosas que no eran comunes en el mundo que habitaban sobre todo el chico. Por momentos sentía que el viento lo abrazaba, era muy amoroso y cálido, lograba verlo como un velo de colores que lo cubría y sentía mucha tranquilidad y paz, se envolvía en esta experiencia y cuando admiraba el paisaje había cambiado totalmente, era una sensación en la que había pasado mucho tiempo.

Lo terminó de despertar lo que vio en el camino, estaba un unicornio de colores pasteles, se salió del camino y se unió a la manada que lo estaba esperando, corrían por todo el valle. El chico observó cómo sus cabellos se movieron con el viento y el movimiento de sus cuerpos. Sus colores eran majestuosos y al estar en manada se intensificaban formando figuras por colores, era realmente asombroso, lucían perfectos con los rayos de sol que les alcanzaba a llegar en los espacios de las ramas de los árboles; las sombras que se formaban dejaban ver un paisaje salido de cualquier expectativa o imaginación, Sus colores aparecían con visos en el prado Era un juego de colores muy iluminados nunca antes visto por el chico.

Al poco tiempo los unicornios se perdieron de vista. Los dos amigos continuaron la ruta, sabían que igualmente debían apurarse para alcanzar a llegar. Después de un rato en el que se metían en estado meditativo cada uno en su experiencia, el chico se percató que no habían comido nada, pero no sentía hambre, aun así, le preocupaba no comer.

Como Dalil escuchaba sus pensamientos, le dijo: "Tranquilo mi amigo, lo que estás pensando solo lo sientes en tu mente, en este lugar no se sienten esas emociones o sensaciones, no se requiere comer, ni alimentarse de comida, ni ninguna necesidad humana, solo se alimentan de manera espiritual, y lo hemos hecho todo el camino, hemos disfrutado, meditado, has experimentado otras sensaciones que alimentan el alma, con ello es suficiente, a veces acá se come físicamente, pero es muy esporádico y en ocasiones especiales".

De ahí no comentaron nada más, y el chico ya quería llegar, sentía que había sido un viaje muy largo y quería conocer los dragones. Después de mucho tiempo divisaron el valle de las hadas, era un lugar realmente mágico, salido de cualquier cuento infantil, la explosión de colores superó a los anteriores encuentros, los alrededores tenían plantas, flores, árboles, hadas volando, otras en lugares reunidas, se sentía mucha alegría desde que se entraba al lugar, se escuchaba música, la cual el chico no distinguía con las melodías similares a los del lugar que provenía.

Eran sonidos muy celestiales, agudos, graves, de todos los tonos, pero demasiado tranquilizador para sus oídos. El ambiente en general era cálido, los olores eran florales quería quedarse más tiempo para disfrutar esta magnificencia en el lugar, pero sabía que no era posible porque tenían un tiempo limitado para llegar al valle de los dragones.

Aun así, su amigo comenzó a caminar más lento para permitir que su amigo pudiera apreciar tal paisaje, veían hadas de muchos tamaños, unas gigantescas y estaban alertas que pasaran los visitantes para mover sus alas y que de ellas salieran brillantinas doradas que les caían a ambos, caían por todos lados. Cuando los visitantes cruzaron el lugar les caían las partículas que les ofrecían una sensación de bienestar y tranquilidad; hicieron un ademán de agradecimiento y continuaron su viaje. Antes de salir de aquel bello lugar, recordaron que debían beber la segunda dosis de la pócima para poder entrar al valle de los dragones.

Pararon en el camino para beberla mientras escuchaban el arpa de una de las hadas azules. Su canto era un deleite para todos los habitantes y foráneos, sus hermanas azules los rodearon haciendo un baile imponente lleno de brillantes plateados que caían en todo su cuerpo. En la medida que se tomaban el líquido, ellas iban desapareciendo poco a poco y se iban desvaneciendo las imágenes del lugar.

El chico, muy asustado, le preguntó a Dalil: "Qué estaba ocurriendo, porque ya no veía a las hadas, que le explicara en dónde estaban". Él le contestó que era él quien había modificado el panorama al tomar la pócima. No podía ver las hadas y otras especies de aquel lugar, pero a los dragones sí, al igual, ellos tampoco podían verlos. Estaban en esa plática cuando escucharon una voz dulce que les decía: "Apúrense antes de que se acabe el efecto". Eran las hadas que estaban allí para recordarles. Ambos se miraron y agradecieron a todas por su recibimiento y la hospitalidad y corrieron para llegar al lugar de destino.

Después de un largo camino empedrado, Dalil sentía molestia en sus patas, a pesar de que estaba diseñado para esto, habían recorrido bastante hasta llegar a la cima de una montaña, de ahí veían abajo el valle, se divisaba una vista increíble. Como era de esperarse, los colores vivos y eléctricos abundaban en aquel

lugar, podían percibir algunos dragones en la superficie de la montaña, el chico se maravilló, no podía creer que permaneciera allí.
Había soñado siempre con este momento, y aunque sabía que era poco el tiempo que podían estar allí lo disfrutaría al máximo; algunos dragones volaban alrededor de la montaña, eran grandes, fuertes, esplendorosos, hacían movimientos en el aire como figuras y botaban fuego por su boca tal como les había advertido el mago, si bien sabían que estaban invisibles, el chico sentía temor que los estuvieran viendo y terminaran calcinados en su aventura.

Se apresuraron a bajar la montaña y entraron a una cueva, donde vieron un nido de dragones en los que estaban solo los huevos gigantes amarillosos y un tris verdoso fluorescente, eran luminosos en su contorno. La madre de los pequeños entró para inspeccionar el lugar. Era muy posible que hubiera sentido su olor mas no podía verlos, miró por todos lados, sus ojos parecían desconfiados, sabía que algo no estaba bien, se quedó allí para vigilar sus pequeños.

Salieron de allí, y llegaron a la pata de la montaña, vieron un lugar hermoso, rocoso pero sus paisajes tenían contrastes de colores entre amarillo ocre, verde limón, tonos rosa con riachuelos completamente azul rey y celeste, impresionante, deslumbrante, la vegetación era escasa, pero esos tonos en la tierra y el campo eran suficientes para estar extasiados, luego más hacia el interior notaron un arcoíris que se movía entre la tierra, era un lago inmenso y reluciente, vieron cómo .se bañaban los dragones bebés, disfrutaban el agua y se podía notar cómo el agua quedaba con los visos de arcoíris en sus cuerpos.

Había pocos árboles, sin muchas hojas como cuando se está pasando por otoño y se caen las hojas de los árboles para ser renovado y hacían un juego perfecto en el paisaje con los demás colores. Aquí era una condición permanente por el clima, los dragones preferían temperaturas frías para vivir debido a que sus cuerpos almacenan gran cantidad de calor y energías que se apaciguan un poco con los fríos de las noches, por ello, cuando el chico había preguntado por qué allí oscurecía, esta era la principal razón para que la naturaleza les ayudara a mantener una temperatura normal.

Si bien los dragones a ojos humanos se comportan de manera primitiva, son seres muy bondadosos, nobles y demuestran respeto por las demás especies, por eso permitieron que se usaran las pócimas invisibles para evitar ser atacados, pero con una condición: aceptaron que por ninguna circunstancia debían ser atacados por los visitantes, por ello Merlín es el único que puede dar pócimas y él se encarga de hacer el filtro y define quien entra y quién no.

Los dragones eligen a su amo, ellos han permitido servir a humanos u otras especies de buen corazón, son fieles y protectores, en la época que existieron en la tercera dimensión, protegían a guerreros y otras personas que les demostraban sus buenas intenciones, era muy beneficioso que ellos pudieran acompañar en las guerras o luchas porque se tenía ventaja sobre el adversario, si bien ellos no eliminaban a ningún contrincante a menos que vieran que su amo estaba en peligro, lo defendían y garantizaban su bienestar, entre amo y dragón se creaban alianzas que duraban varias vidas debido a que los dragones tenían unas vidas más largas a veces superaban los 2000 años, lo que permitía que el amo naciera varias veces y se volvían a encontrar así fuera en un lugar diferente en cada nacimiento.

Los visitantes observaban cada movimiento de estos seres gigantescos y decidieron ir a jugar en el lago del arcoíris con los demás dragones así no los vieran, se sumergían y amaban esos colores en sus cuerpos que solo ellos dos veían, saltaban, jugaban. En un instante hubo un silencio, ya los dragones jóvenes no saltaban, solo miraban quietos al lado donde estaban los visitantes. Los dragones que volaban dejaron de emitir ruidos y comenzaron a rodear a Dalil y Talib. Eso no les gustó y el centauro les hizo señas que se fueran, parecía que el efecto de la pócima estaba pasando, ya se visualizaba el sombrero del nomo, y la cola del centauro, sabían que debían salir de ahí, pero todos estaban pendientes de ellos.

El chico se montó en el lomo de su guía, y salieron de allí lo más rápido que se podía. El agua les impedía moverse tan rápido como querían, el centauro comenzó a repetir unas palabras que el chico no conocía por el idioma. Mientras corrían podía verse cómo los dragones los perseguían les tiraban fuego, tal como se los dijo el mago. Ellos no hablaban ni intentaron hacerlo, pero solo salía fuego de sus bocas. Las palabras de Dalil eran como mágicas en la medida que las pronunciaba (amari te goi a cheiru du matre gerd murroi) las decía cientos de veces y se comenzó a formar abajo de la montaña una espiral de colores, por lo que cada vez que se acercaban más, Dalil corría lo más que podía para atravesar la espiral. Solo así se podrían salvar, a la par que debían esquivar las ráfagas de fuego que les propinaban sus amigos los dragones que seguramente decían: "Amigos, no se vayan. Queremos atenderlos y recibirlos como se merecen" pero solo salía candela.

Corrieron tanto que cada vez estaban más cerca de la espiral. Igual, él no dejaba de repetir las palabras, pero sus figuras cada vez eran más notorias, el efecto invisible casi que estaba desapareciendo por completo. El chico tenía demasiados nervios, prefirió aportar con su silencio, solo esperaba no morir calcinado en esa aventura; a los pocos segundos el centauro saltó tan alto que se incorporó de una en la espiral, sintió que daba vueltas, se veían muchas luces, rayos hasta que vio que de la nada cayeron al pasillo lleno de puertas, de donde habían iniciado. El centauro había retomado su figura original como lo veía el chico. Para su sorpresa, no veía a su amigo, no podía ser que se había quedado en aquel lugar, tenía que volver a rescatarlo si no lo encontraría hecho un carbón.

Decidió regresar y, por alguna razón, a Dalil no le funcionaba la puerta, parecía averiada, tardó mucho, si bien no era el mismo tiempo de los humanos, pero sí era un tiempo que el guía no quería perder, por fin logró abrirla y regresar al lugar, lo cierto es que llegaría al lugar donde comenzó la aventura, es decir debía recorrer todas las llanuras hasta llegar donde Merlín esperar la pócima y salir de huida para el valle de los dragones.

Sabía que le implicaba un tiempo pero debía hacerlo, llegó al lugar de la llanura, se vio nuevamente como un centauro, corrió, a pesar de su prisa fue amable con sus amigas las flores y todos los animales que se encontraban en el lugar, parecían que sus piernas eran un rayo de luz, su velocidad era tal que llegó un momento de verse como un halo de luz, no permitiría que le pasara algo al chico, lo amaba demasiado y sabía que tenía parte de responsabilidad por haberlo llevado allí, aun así **sabía que lo mejor estaba por llegar**, lo intuía en su corazón pero no quería correr riesgos.

Por fin llegó donde Merlín, sus amigos los nomos esta vez salieron al encuentro, pero no para darle la bienvenida sino extrañados que hubiera regresado y no estuviera con su amigo, lo siguieron como custodiándolo, se abrió de par en par la puerta del mago, todo estaba en silencio y él con un grito "Merlinnnn" lo irrumpió, parecía que hubiera pasado algo grave, ellos lo sabían y esto lo llenó de mucha intranquilidad, aun sabiendo que él manejaba estas emociones mejor que nadie. Su amigo el mago estaba sentado en un butaco esperándolo, "pensé que nunca llegarías" le dijo, Dalil con voz de quien esta exhausto soltó un sollozo "lo perdí, perdí a mi amigo Talib."
Prosiguió el centauro, el efecto de la pócima se acabó nos descubrieron, salimos corriendo. "Alcancé a decir

las palabras y sonidos para abrir el portal, pero cuando llegué al árbol solo estaba yo, mi amigo debió quedarse allá y no sé qué le habrá podido suceder", "ya lo sabía" contestó el mago, "Sabes que me entero de todo en este lugar, solo te adelanto que está bien y por suerte quedó algo de pócima. Bébela solo cuando llegues donde las hadas para que el efecto sea más prolongado, búscalo por el lago, aún no ha salido de allí", le advirtió el mago.

"Solo dime que no le ha pasado nada malo", dijo el guía con tono angustiado. El mago lo miró y le dijo: **"Qué poca fe le tienes, le has mostrado el camino de la vida, lo has llevado por donde ningún otro guía podía hacerlo y tú dudas de lo que has hecho, solo te puedo decir que tus semillas han germinado, el chico es hábil y sabe cómo salir de cada inconveniente, confía que todo estará bien".** El mago reía, había preparado la pócima antes de que Dalil llegara, una vez se enteró que el chico había quedado en el valle de los dragones, sabía que su amigo vendría en segundos por la pócima.

Dalil se sonríe, agradece como siempre y sale de allí un poco más tranquilo, pero no quería perder tiempo, hacía ruidos de alegría y se despidió de los nomos que corrían con él haciendo música hasta la entrada del bosque. Comenzó su corrida, ya más confiado que todo estaría saliendo bien, pero su obstinación era superior a él, no descansaría hasta encontrar a su amigo y llevarlo a su casa de 3D sano y salvo. Pasó por los mismos lugares, no podía evitar saludar a su amiga la sirena, Mirella, esta vez logró distraerlo, a pesar de que llevaba afán, no pudo evitar ir a saludarla. Ella lo estaba esperando con los brazos abiertos; el centauro corrió a sus brazos, sus patas largas atravesaron el lago, donde ella se encontraba en la piedra, el agua lo cubrió hasta la cintura, su mitad hombre quedó afuera y su parte de animal se sumergió en el agua. Quedaron unos segundos abrazados.

Dalil recordaba el amor entre ellos había sido por eones y no solo buscaban encontrarse en la Tierra para revivir eso tan fuerte que sentían, en otros mundos siempre se encontraban nuevamente; sus vidas estaban unidas por un amor incondicional, su abrazo fue prolongado se fusionaron en uno solo, la sirena le brindó la calma que necesitaba, y le dijo, **"Ve con paso firme, seguro, sin perder tu centro, has estado despilfarrando tu energía en cosas que no controlas, suelta y veras que todo saldrá bien"**.

Dalil la miró con ternura, sus palabras siempre eran sabias y lograba aterrizarlo y devolverlo al presente en segundos, ella lo miró y le propuso acompañarlo, él, sin titubear, aceptó. Para ella volver al mundo terrestre era muy emocionante, no lo hacía muy a menudo porque implicaba que dejaría por un tiempo sus hermanas y trataba de acompañarlas, aun así, sabía que era mejor ir con su amigo porque el chico era muy importante para él y podía descontrolarse en caso de que no lo encontrara en el primer intento.

Las sirenas tenían la capacidad de convertirse en lo que desearan, por ello para pasar desapercibida tomó la figura de una abeja, y se comunicaba con su amigo telepáticamente, emprendieron el viaje. Aun así, para la sirena era más cómodo estar en el lomo de Dalil. Así lo hizo y comenzaron a correr todo lo que podían hacerlo. Al llegar donde las hadas, todas esperaban que él llegara, y cuál fue su alegría al verlos. Los saludaron y les desearon un buen viaje, todas comentaban, lo que les espera, cuando se den cuenta lo que sucedió no podrán creerlo. Algunas un poco más arriesgadas fueron detrás, no querían perder el momento del encuentro.

Dalil tomó la pócima y desapareció, solo se notaba algo pequeño en su lomo, era Mirella que no quiso tomar la pócima a pesar de que él dejó un poco para ella, estaba acostumbrada a visitar los dragones lo hacía muy a menudo y siempre tomaba formas que no la identificaran. Aun así, sabía que ellos eran indefensos. Por fin llegaron al valle, todo parecía estar en calma, había dragones por todos lados, hacían sonidos, Dalil deseaba ver a su amigo sano y salvo, parecía un chiste, a él no podía sucederle nada, estaba en un estado no físico que nada podía pasarle, este mundo era muy mágico y te hacía ver lo que querías.

Lo buscaron por todos lados, hasta se atrevían a entrar en cuevas para ver si era plato del almuerzo, estaba metido en un cuento que no coincidía con su nivel espiritual, por alguna razón vibraba en 3D, con miedos, pensando que pasaría algo malo, no podía encontrarlo, fue al lago y no había rastro ni siquiera en el lugar que se abrió el portal. Esperaba encontrar algo que le diera una pista, sangre o partes calcinadas, pero ni eso.

Se sentaron en aquel lugar esperando qué pasaría, solo quería apaciguar su mente. Su amiga Mirella lo apoyaba en todo, aunque viera que su intranquilidad no le permitía ver nada. Le dijo que se tranquilizara y pensara qué harían, si seguir caminando o permanecer allí para esperar que el chico apareciera para buscar la salida. Decidieron quedarse allí, en un momento escucharon dragones volando, haciendo sonidos fuertes, pero parecían planeando y luciéndose ante los demás dragones, todos hacían piruetas y esperaban que sus compañeros lo pudieran hacer.

Ya se estaba quedando dormido y escuchó una voz que era muy conocida para él, gritaba y decía palabras como "hurra, demos otra, qué divertido esto". La sirena se posó en la frente del centauro para obligarlo a reaccionar, le volaba en la cara, fue en ese instante cuando Dalil abrió sus ojos y vio a lo lejos una figura pequeña casi enana montada en un dragón, se paró como un rayo, corrió siguiéndolos sin perderlos de vista. Ellos continuaban danzando en el aire, él no aguantó y lo llamó para ver si respondía a su llamado: "Talib", repitió tres veces. El chico, desde arriba, le gritó: "Dalilllll, mi amigo, sabía que no me abandonarías", Hizo un ademán y le indicó al dragón que bajara al suelo.

El guía comenzó a perder el efecto de la invisibilidad, cada vez se notaba su figura de centauro, el chico estaba muy emocionado de verlo de nuevo, cuando llegaron al suelo, el centauro y su amiga la abeja, estaban esperándolos, al llegar el chico trepó al lomo de Dalil para abrazarlo, "Gracias amigo por volver donde mí, gracias por estar en mis aventuras. Ambos comienzan a jugar en el piso como dos infantes, la alegría del lugar era incalculable, se fueron arrimando poco a poco más dinosaurios que al hablar no expedían el fuego de costumbre, era muy mágico, qué había pasado, porque no ocurría lo usual de tener que esconderse en la pócima.

El chico miraba a Dalil con mucha felicidad, quería contarle todo lo que le había sucedido. Solo pudo decirle: "Amigo centauro y amiga abeja (no sabía aun que era la sirena), les presento a mi dragón, he vuelto a encontrarlo, dejamos de tener contacto por mucho tiempo y yo había olvidado que alguna vez había tenido esta conexión". El chico no se aguantó de contar lo sucedido y dijo: "Cuando tu lograste entrar en el portal, una fuerza que no sé explicar me tumbó de tu lomo, yo caí al suelo y vi cómo se acercaban los dragones. Se quedaron mirando fijamente y trataban de no hablar para no calcinarme, me encerraron en un círculo y vi como sus miradas eran de amor puro, lo podía sentir, no querían por ningún motivo hacerme daño, lo sabía, eso me llegaba a mi mente como si me estuvieran hablando, su lenguaje telepático permite que no salga el fuego a diestra y siniestra, pero debes conectarte con ellos".

"Viendo esta situación, recordé todo lo que me habías enseñado hasta el momento, el mantener la calma en circunstancias extremas como esta, en saber que siempre sucederá lo perfecto y lo mejor está por llegar, me repetía que yo era magnificente y esto hizo que en un momento comenzara a hablar con ellos a través de la mente y les conté de dónde venía, quién era y por qué había llegado allí. Estaba en esta plática, cuando en el cielo se vio una figura muy grande, hacía ruidos fuertes y su color era de tonos morados, con lila, realmente hermoso, fue bajando de los cielos y los dragones que me tenían en un círculo abrieron paso para que entrara al círculo el gran dragón, su mirada rojiza me atemorizó, pero comencé a subir las vibraciones como tanto lo insististe".

"El dragón se acercó con su hocico, me olió y se levantó con un sonido estruendoso, pero en señal de victoria, voló nuevamente a los cielos y hacía piruetas. Todos lo acompañaban con los sonidos desde el suelo, pero sin perderlo de vista, luego como quien se piensa estrellar en el suelo bajó en picada hacia mí, me asusté un poco, pero sentía que no me haría daño, por ello quedé en el mismo lugar esperando que llegara. Él se agachó en señal de venia y me pidió telepáticamente que subiera en su lomo.

Nos fuimos y me llevó a conocer más de este lugar, estuvimos en su cueva, allí estaban su pareja con dos crías, ambos eran de figuras muy femeninas más pequeñas en estatura que él y sus colores eran en tonos rosados, sus pequeños eran uno azul y otro naranja, para ellos los colores simbolizaban las personalidades".

"El violeta simbolizaba la fuerza de transformarlo todo, el rosa el amor, la ternura, el azul la protección, normalmente son dragones fuertes que vienen a proteger y superan cualquier obstáculo con su tenacidad, el naranja era la amistad, son seres muy dados ayudar a los demás. Esa era su familia, me invitaron a cenar y él me recordó cómo nos habíamos conocido en otra dimensión y las aventuras que habíamos tenido. Él, desde pequeño, se había extraviado y yo en esa época vivía con mis abuelos en un lugar muy apartado de la ciudad en una montaña, en Nueva Zelanda".

"A pesar de ser un lugar relativamente pequeño todo se sabía de lo que sucedía, mi familia vivía del pastoreo, yo les ayudaba en los trabajos sobre todo en alimentar los animales, un día en los recorridos por las montañas, encontró un animal pequeño que se quejaba, cuando él se arrimó se dio cuenta que su pierna estaba atascada en un hueco entre dos piedras, gigantes, el chico trató a como dio lugar para ayudarlo que era imposible porque requería tener más fuerza para hacerlo, corrió a su casa para traer una herramienta y cuando regresó el animal ya no estaba, tardó unos minutos en incorporar la realidad, estaba mirando al piso pensando qué hacer, quién lo habrá ayudado, miró bien cuando vio las piedras destruidas, tenía que haber sido un gigante para hacer eso".

Estando ahí asomado verificando que no hubiera caído al vacío y sintió una presencia muy grande detrás de él, con cuidado fue volteando y vio un dragón de más de 30 metros escasamente veía sus ojos, se agachó con cuidado y de su espalda salió el pequeño dragón que estaba atrapado, el chico se alegró de verlo con vida, comenzaron hablarle y a pesar que les entendía lo que decían notaba que no movían sus labios, le hablaban telepáticamente, el padre del pequeño agradeció su buena intención pero sabía que no hubiera podido rescatarlo porque corría el peligro de caerse al vacío, el padre escuchó los gritos de su pequeño y corrió al encuentro para salvarlo, cuando el chico llegó ya no los encontró pero el pequeño dragón contó a su padre lo que había sucedido y que sabía que volverías.

A partir de aquel momento fueron muy amigos, el pequeño dragón lo acompañaba a sus caminadas con los animales que cuidaba, hasta el momento no se habían dejado ver de nadie y menos contar a sus abuelos de lo sucedido, porque podrían prohibirle las salidas y no podría ver a su amigo. Fueron creciendo y como era de esperarse el pequeño dragón morado creció más rápido y cada vez era más grande que el chico hasta llegar a una altura que podía ser miedosa a cualquier ojo humano.

Ya no jugaban, sino que se iba a explorar por todos lados y el chico subió al lomo del dragón. Cuenta la leyenda de aquel lugar que los dragones no se dejan ver, solo de un corazón noble y son fieles hasta la eternidad, por ello se hacen alianzas y el dragón enseña al humano las técnicas de la magia y son los protectores de sus amos, se comprometen y son leales por siempre, se dice que un dragón solo tiene un amo durante toda su existencia y aunque duran miles de años, siempre esperan que renazca su amo en otro cuerpo para acompañarlo. También los dragones simbolizan honor, amor y pueden sentir las vibraciones más sutiles del ser, su inocencia.

El dragón morado había estado esperando este momento para volver a ver a Talib, si bien no era el mismo cuerpo que había habitado en otras épocas, siempre se reconocían por su alma, por ello fue tal su alegría cuando lo vio nuevamente. Dalil estaba muy orgulloso de lo que había pasado, vio al chico tan grande, sabía que se iba acortando el momento que tendría que soltarlo, ya él debía volar solo en un soplo, debía aprovechar lo que les quedaba para compartir como guía y estudiante, con esto había demostrado su crecimiento, logró superar al maestro en todo su esplendor, se propuso terminar las enseñanzas y poder permitir que se pudiera desenvolver solo con lo que se le presentara en la edad adulta.

La abeja estaba muy emocionada, siempre supo que todo estaría bien, al igual que las hadas, no se habían perdido nada de la escena tan conmovedora, no conocían la historia del chico y lloraban mientras escuchaban, muy conmovedor comentaban sin ser vistas. La sirena debía regresar y vio que su amigo ya estaba en buenas manos, se despidió y emprendió su vuelo, agradeció a la manada de dragones y les hizo una venia en señal de gratitud. El centauro dijo que la llevaría hasta su hogar, pero ella se negó, debes devolver al chico, lleva mucho tiempo en este lugar, el aceptó y vio cómo volaba hacia su casa, un dragón ofreció llevarla más rápido y las hadas salieron al encuentro para subirse al mismo transporte.

Se miraron los dos amigos y comenzaron a reír, fue realmente emocionante y riesgoso, toda una hazaña pensaba el chico. Debemos irnos dijo Dalil, el chico aceptó con la cabeza y fue a despedirse de su amigo Mutual, le prometió que volvería y lo convidó para que algún día lo visitara en la 3D, todos rieron, el dragón le dijo: Iré cuando me necesites pero la única condición es que tu debes vibrar alto para poderme ver porque seré invisible para los ojos humanos, suele ser muy peligroso en esa dimensión para los seres ascendidos, porque pueden ser utilizados para cosas no gratas, claro que si mi amigo así será, y bienvenido por allá y a todos gratitud infinita por las enseñanzas del día de hoy, nunca podré olvidarlas".

Dalil se despidió y dijo las palabras mágicas y los sonidos y agarró de tal forma al chico que esta vez no se le soltaría, desaparecieron a través del portal y la calma y la vida de los dragones volvió hacer la misma menos para Mutual, él había encontrado a su amo, amigo, compañero de luchas, para él nada volvería a ser igual, sabía que debía cuidar a su amigo hasta que él lo pudiera hacer solo.

Luego se decía para sí, hasta acá lo que he experimentado con Dalil y he aprendido no lo he podido contar a mis amigos y a mi familia, pero este suceso sí que menos podría ser contado, esto estaba ya fuera de toda realidad conocida, ahora sí que menos le creerían, se miró y tal como se lo había dicho el guía, su cuerpo volvería a la normalidad de esta realidad, había dejado atrás su cuerpo de nomo, ya se había tu acostumbrado a él, lo disfrutó, aun así se dio cuenta que amaba su forma física actual, el color, la contextura.

Su amigo también tenía de nuevo la misma apariencia, continuaban sentados en medio del pasillo y el chico preguntó: “¿Si regreso tomo de nuevo la misma forma?”. A lo que Dalil le respondió que “Sí, siempre que vayas serás un nomo”. Al chico no le gustó mucho al principio, pero entendió que si iba con su guía podría transportarlo. “Y otra pregunta” replicó Talib, “¿Qué día es hoy?” El maestro, como siempre, se rio de las preguntas, pero no por burlarse sino porque estaba esperando que le preguntara.” No han pasado ni 5 minutos en este campo dimensional desde que ingresaste al árbol”.

No mencionaron más el tema del dragón, el guía estaba muy orgulloso de él y el chico quería tiempo para asimilar lo vivido, aun así, le pregunto a Dalil quien era la abeja, él le explico que era la sirena que había adoptado esa forma para acompañarlo y le conto lo que ella significaba para él durante eones, el chico le agrado la idea de saber que su guía tenía una compañera de viaje.

Para el chico esto era imposible, pensaba que había pasado una semana y sabía que esa ausencia tendría preocupada a su madre, pero se paró y dijo: “Debo ir al colegio antes que se haga más tarde”. Aun así, Dalil no quería que fuera a estudiar sin responderle completo como lo hacía a menudo. Se fueron hablando el resto de camino al colegio y le explicó que la Tierra tiene un tiempo diferente a los demás campos dimensionales.

El tiempo es muy relativo dependiendo de cada circunstancia, por ello, la sensación que ha pasado mucho tiempo cuando en realidad fueron segundos en la Tierra y en los demás campos que tienen vibraciones más altas hace que en poco tiempo se hagan muchas cosas lo que da la sensación de que han trascurrido horas. "Corre que llegaras tarde al colegio", le dijo el guía al chico. Dio un brinco desde el árbol y en segundos estaba afuera como por arte de magia, corrió, y gritó a su guía: "Quiero ver las otras puertas luego, y te agradezco por el regalo de cumpleaños, el mejor que he tenido". Dalil le confirmó con la cabeza que volverán a buscar más aventuras.

Ese día el niño en el colegio se sentía como en una nube, no había podido bajar a la realidad, le costaba entender varias cosas y tenía la sensación como si lo vivido hubiera sido un sueño, por ello comenzó a escribir lo que vivió para que no se le olvidara como sucedía con los sueños a menudo que por no escribirlos se le olvidaban. Su mejor regalo de cumpleaños pensaba, era conocer los dragones de cerca y lo mejor haberse salvado de que lo calcinaran, disfrutó la ida como siempre lo hace y reencontrarse con su amigo del alma el dragón, las llamas gemelas como lo llaman ellos.

Casualmente, su profesora de biología llegó hablando de los dragones, cómo vivían, cuál era su comportamiento. Él sentía muchos deseos de hablar y contar su experiencia, pero no tenía sentido contarlo, no podrían creerle.

9. El Buscador de Mundos

Al salir del colegio, pasó de nuevo por aquel lugar. El bosque era un sitio que debía atravesar para ir a su casa, pensó que encontraría a su guía, y poder hacer otro recorrido, ya que, si no era tanto el tiempo que se invertía su madre no notaría que llegó más tarde de lo normal, sino que sería la diferencia de minutos o quizá segundos. Lo esperó un rato, pero no llegó y sabía que no debía hacer la experiencia solo y menos en puertas que no había explorado. Tomó de nuevo su camino y se fue para su casa.

Cuando llegó, su madre lo miraba de arriba abajo, sabía que algo le había pasado, no sabía bien qué, pero lo conocía, aunque ella le preguntara el chico no le contaría solo le diría que estaba cansado. Su madre no quedó tranquila con la respuesta, y decidió que al día siguiente se iría detrás de él para verificar con quién se estaba relacionando. El chico ya venía aprendiendo muchas cosas y las estaba practicando, por eso, en esa noche, pidió discernimiento, que le mostraran el camino con claridad y lo protegieran de cualquier situación que no le conviniera.

Cuando se levantó en la mañana, su madre ya estaba organizada para salir y no era su costumbre, le pareció extraño, pero no le preguntó, continuó con su rutina matutina, y salió con toda la intención de volver al árbol, caminaba cantando y bailando, estaba ansioso de saber qué puerta seguiría. Caminó hasta el bosque sin percatarse que su madre lo venía siguiendo. Ella, muy silenciosa, lo observaba de lejos. El chico entró al bosque esperando encontrarse con Dalil, caminaba lento para poder darle tiempo que apareciera, pero su espera era sin sentido, estaba aproximándose donde estaba ubicado el árbol, y se dirigió a él.

Su madre lo seguía, pero de un momento a otro observó mucha neblina y el chico se logró desaparecer y su madre ya no lo veía, ella desesperada por su hijo intentó, en repetidas ocasiones, entrar dentro de la bruma, pero algo la devolvía y no podía seguir, sentía en el fondo de su corazón que su hijo estaba bien, aun así, insistía en poder pasar. Ya, al cabo de un rato después de muchos intentos, decidió irse para su casa y encomendar a su hijo a los protectores para que no le pasara nada. Confió que estaba bien y se propuso darse cuenta realmente qué estaba haciendo su hijo porque había estado muy misterioso y eso le preocupaba.

Mientras su madre se devolvía para la casa, el chico llegó al árbol, lo abrazó, e ingresó al pasillo de las puertas de colores, esperaba ver a su amigo, pero no llegó, ni estaba allí, estaba tan ansioso de tener otra aventura que decidió hacerlo solo, cerró sus ojos para sentir con su alma cuál puerta debía visitar y sintió que debía ser la azul. Se dirigió allí y la abrió, esta vez escuchó un rugido muy fuerte, ingresó y se percató que se encontraba en unas ramas, de un árbol inmenso, se sintió un poco temeroso, pero recordando a su guía, sabía que nada malo pasaría.

Se revisó para saber qué figura tenía, vio que tenía una cola, cuatro patas y una cara alargada, su piel era corrugada, de tonos verdes, se decía así mismo, "creo que soy un reptil, trataré de bajar de este árbol con cuidado para no ser presa de otro animal". Cuando se disponía a moverse, percibió una cabeza enorme comiendo de la rama donde él estaba, se movió con sigilo para evitar ser visto, aunque era evidente que el animal gigante comía era plantas, buscó la forma de no ser visto, terminó de deslizarse por el tronco y pudo verificar lo grande que era este animal herbívoro, se trataba de un dinosaurio.

Los había estudiado en su clase de biología, tenía una piel lisa y brillante de color azul y café por manchas pequeñas, majestuoso, hacía sonidos fuertes al comer, el chico continuó su camino, se adentró en la selva húmeda, se encontró con animales dorados, de muchos colores, entre aves y reptiles, lograba comunicarse con ellos a través de la telepatía, escuchaba sus conversaciones, y se deleitaba en tal paraíso, todo era inmenso, las montañas, los árboles, las especies.

Estaban comentando sobre una fiesta que se haría ese día en la noche con los habitantes de toda la comarca, lo convidaron y le dijeron que eran fiestas muy divertidas, aunque se estaba animando a ir se le cruzaban pensamientos como será peligroso asistir por los animales que quieran comer carne o será que ellos no están invitados, comenzó a escuchar risas, le habían escuchado sus pensamientos, le dijeron que no tenía peligro, en las fiestas se hacían excepciones y no se podía tocar ningún animal. Eso le dio más tranquilidad y se decidió asistir. Ya llegada la noche se acicaló para ir, al llegar vio que estaba repleto de animales gigantes, estaban los dinosaurios rex, por lo que había leído y escuchado de su maestra, no era divertido verlos desde tan cerca.

Todos rieron por los pensamientos que se le cruzaban al chico, entre ellos se decían, quién le cuenta. Al cabo de unos segundos tenía una boca gigante en su oído respirando fuerte y le dijo, nosotros no nos comemos a nuestros hermanos, solo lo hicimos en la Tierra que al estar en una vibración más baja y dominados por el ego, en esa frecuencia vibratoria nos alimentamos del prana solo a veces comemos plantas y mucha agua. El chico rio con nerviosismo, pero con un aire de tranquilidad, ya estaba seguro de que no le harían daño, el dinosaurio hizo un rugido en señal de alegría, se le arrimó de nuevo al oído y le dijo: "Talib, no tienes ni idea de cuánto tiempo llevas acá en este lugar, tus padres, la familia y amigos te han buscado todo el día".

"Dalilll!" gritó el chico, "Qué alivio que no me vas a devorar". Su guía, con toda la calma le dijo: "Te advertí que no debías hacer los viajes solo. sin saber las palabras mágicas pensabas devolverte". El chico lo miró con cara de asombro, pensó en todo menos como sería su salida del lugar, omitió ese pequeño detalle, si su guía no lo encuentra estaría perdido en aquel lugar.

Su amigo le hizo señas que lo siguiera sin levantar sospechas y así poder salir de aquel lugar. El chico lo siguió y comenzaron a salir del lugar. Talib quería despedirse, pero el dinosaurio le advirtió que deberían salir rápido del lugar. "Tus padres están desesperados". Sus amigos observaron cómo ambos se alejaban, pero no hicieron ningún comentario. Ellos ingresaron a una cueva y Dalil pronunció las palabras claves y unos sonidos, que parecían diferentes a los pronunciados en la anterior visita, el portal se abrió, ingresaron y al llegar al árbol del pasillo de las puertas de colores, se dispusieron a ir a la casa del chico.

Se van los dos en silencio ya incorporando la figura humana, hasta que el chico rompe el silencio y le pregunta por qué había dicho palabras distintas, a lo que el guía respondió que cada lugar tiene un lenguaje y el portal se abre con el sonido del lugar, por ello lo importante es que no se vaya solo.

Cuando estaban cerca a la casa del chico observaron una figura humana a lo lejos parada en la casa que tenía una luz tenue. Escasamente se percibía el camino, a medida que avanzaron el chico vio que era su madre, estaba muy triste, se sentía culpable por no haber cruzado la bruma, y habría evitado que su hijo desapareciera, el chico también sintió nostalgia, se compadeció de su madre y entendió su dolor, la madre seguía en su conversación interna y pidió protección para su hijo, y tenía la convicción que todo saldría bien y su hijo regresaría a la casa, cuando levantó su cabeza vio una figura que venía caminando en la penumbra no veía muy bien pero en la medida que se acercó notó que era su hijo, no dudó en salir a su encuentro, corrió a abrazarlo y gritaba a los cuatro vientos "regresó, regresó; regresó".

Lo abrazó por minutos, le pidió perdón por haberlo dejado solo, y a pesar de que el chico no entendía qué pasaba, no mencionó ni una palabra, ni mucho menos contó sobre su experiencia. Todos los integrantes de la familia salieron a su encuentro, gritando y alabando el regreso a casa de su hermano. Se abrazaron todos y lo convidaron a entrar para comer algo, sabían que estaba hambriento. El chico trataba de estar bien, pero se sentía muy confundido: cómo podían haber pasado tantas horas, o sea que no había ido a clases, para él solo fueron segundos, agradeció a Dalil, como siempre, por sacarlo de aquel lugar y lo ayudó a incorporar en el mundo físico y que lo hubiera acompañado a su hogar sin reprocharle nada.

Al otro día fue al colegio, su padre lo acompañó, quería asegurarse que llegaría al colegio y que no se volvería a perder en el bosque, no se arriesgarían de nuevo que eso sucediera, por ende, lo recogerían de nuevo en la tarde que saliera. Cuando ingresó se abrumó con el recibimiento; todos lo esperaban con globos de colores e inflados con helio, tenían pitos, tambores, felices todos que estuviera de nuevo en el colegio, muchos de los que estaban allí no lo saludaban y a veces se burlaban, pero su nobleza había sido tal que los abrazó y agradeció borrando de su mente el maltrato que había recibido, todos se sentían felices de verlo de nuevo sano y salvo, se sentían mal de haberlo maltratado, si bien no tenía amigos en el colegio y había poco afecto hacia él, ni respeto, sentían mucha nostalgia cuando desapareció.

Esto sucede a menudo con este tipo de personas como el chico, son solos, de pocos amigos, muy selectivos, y donde quiera que lleguen llevan consigo su luz, porque ellos poseen la paz, traen la luz de la fuente, y aunque no se sienten porque son dulces, su ausencia, es notoria, en cualquier parte del planeta. El chico alzó los brazos en señal de agradecimiento, los miró lleno de felicidad y se dispuso a entrar al colegio igual sabía que era pasajero ese momento y lo quería aprovechar al máximo. Al llegar al salón, tenía mensajes de bienvenida en el tablero y aunque le preguntaron adónde había ido el no pronunció ni una palabra.

Al cabo de un tiempo ya todo estaba en la total normalidad, y Dalil se encontraba a su lado, su amigo, y compañero, de aventuras, aprovechó el momento para preguntarle sobre la última experiencia, lo inquietaba porque había allí dinosaurios se suponía que se habían extinguido, su guía afirmó con la cabeza y guardó silencio unos segundos para hablar sobre el tema. Y le dijo: "Cuando los dinosaurios estuvieron en la Tierra, estaban esparcidos por todo el territorio, cada lugar del planeta tenía estas especies, predominaban unas razas en algunos lugares de acuerdo con las características del hábitat, fueron evolucionando y eran los dueños de todos los espacios durante eones, vivían tranquilos a pesar de que había unos depredadores que se comían a los demás seres más indefensos.

Un día entró un asteroide a la Tierra, ellos ya sabían que esto pasaría y cuando el artefacto cayó ellos ya estaban preparados. Como su vibración era muy alta, lograron telepáticamente comunicarse entre todos y abrieron varios portales para salir de aquel lugar. Ya en el momento del impacto ellos no se encontraban en la Tierra, los restos que han encontrado eran de sus familiares que habían fallecido antes del evento, quizá años, siglos atrás, pasaron a otra dimensión, uno que otro murió al no alcanzar a entrar a los portales, pero la gran mayoría pasó el umbral.

Esto fueron señas que nos dejaron para que más tarde los científicos los encontraran, y aunque han reconstruido la historia no ha sido tan completa debido a que el ser humano al estar en tercera dimensión no logra aun establecer toda la información; sigue pensando que se murieron con el impacto. Si hubiera sido así la cantidad de huesos y evidencias seria alarmante pero como lo sabemos son esporádicos los que se han encontrado y en puntos muy específicos en la Tierra.

El chico se emocionó bastante de saber que en realidad ellos no murieron en el impacto y lo mejor era que tenía allí amigos que lo habían acogido muy bien, luego los visitaría temporalmente o con más permanencia. Su mayor preocupación era que no podría volver al árbol, Dalil lo tomó por el brazo y le dijo que ya encontrarían la manera de volver aquellos lugares mágicos.

Pasaron varios días sin que Dalil tuviera contacto con el chico, lo tenía en descanso de las salidas multidimensionales. No perdió el tiempo, se dedicó a estudiar sobre muchos temas, que dieran respuesta a sus dudas sobre lo que había vivido en los últimos meses. Leía sobre metafísica, el origen del universo, seres de otras dimensiones, vidas en otros planetas, leía hasta muy tarde en la noche, hasta que el sueño lo vencía. Entendió muchas cosas sobre el hecho que no estamos solos, no somos los únicos en el universo, somos una porción diminuta de lo que realmente creemos.

En uno de los libros hablaron sobre la meditación y sus beneficios, se interesó bastante por ese tema y comenzó a leer más de esto. En uno de los libros le indicaban cómo debía meditar y lo que se podía lograr teniendo una disciplina, hablaban de los testimonios sobre grandes avances espirituales por medio de la meditación, comenzó a realizar estas prácticas muy teóricas al inicio, al principio guiado por audios o asistía a grupos de meditación cerca a su casa, comenzó a sentir que ya era más fluido en la medida que lo hacía constantemente, identificó otras técnicas que le llegaban a él como cuando se es experto en un tema se sabe qué hacer. Porque fue notando que ir a los grupos de meditación lo desgastaba, le quitaba mucha energía y cada vez comenzó a frecuentarlo menos.

Sentía conexiones muy fuertes con su espíritu, frecuentaba lugares de meditación, la energía subía muchísimo cuando se reunían todos, es mágico encontrarse con otra alma que quiere despertar, que todas eran tan distintas pero unidas en una misma alma y ser, comprendió que cada ser humano, es una gota que contiene todo el mar y el universo, somos todo en uno, no nos hace falta nada, porque estamos completos, íntegros, no vinimos a la Tierra a completarnos y buscar la media naranja.

Vinimos a experimentar la divinidad que somos en un cuerpo humano, que implica despertar del sueño profundo en el que hemos estado por eones, es el momento de reconocernos, amarnos, aceptarnos y solo ser, no hay que hacer mucho esfuerzo **solo ser y estar, dejarse llevar por la propia divinidad**, dejar que la vida fluya y sucederá lo perfecto, lo demás llegará por añadidura, sentir y creer en la abundancia, es confiar que nos llegará día a día lo que necesitamos.

Podríamos preguntarnos: Por qué hay personas en la pobreza y en la escasez, sabiendo que la abundancia es para todos e infinita. Porque, en realidad, es una cuestión mental, cuando se vibra desde el miedo, las cosas que suceden son desde ahí, por ello empiezan a faltar cosas, a sentir inseguridad, a desconfiar que somos poderosos y abundantes, lo cierto es que esto puede ser transmitido de generación tras generación, por ello hay familias que por más que intenten no logran salir de ese círculo vicioso. Mientras que cuando vibramos alto, confiamos que todo lo bueno vendrá, que nos lo merecemos, así será, el universo se encargará de proveer y si algo no se da es porque o no es el momento que suceda o algo mejor vendrá, porque **el universo nos provee de lo que necesitamos.**

Cuando se sienta escasez se debe hacer el ejercicio de alinearse con vibraciones altas**, tener pensamientos positivos**, **agradecer,** todo lo que nos sucede, tal cual llegue, así no sea lo que esperamos, agradecer antes de dormir por el día que pasó, lo vivido, experimentado, lo recibido y cuando se levante apenas se abren los ojos, agradecer por el nuevo día, por la nueva oportunidad y la nueva experiencia y aprendizajes, agradecer por cada cosa que recibimos y agradecer por anticipado, es una lluvia de bendiciones, para la familia, el trabajo, amigos, por todo, y si es el caso que no haya llegado lo pedido se agradece anticipado para manifestar el milagro.

10. Reconociendo el pasado y sus legados

Talib comenzó hacer las meditaciones él mismo, solo, a su modo, cada vez iba menos a los grupos de meditación que había encontrado, conservaba las amistades pero no le gustaba ya asistir a esos grupos donde asistían muchas personas porque sentía debilidad como si se quedara sin fuerzas, si bien se manejaba mucha energía y era poderosa, se dio cuenta que cuando lo hacia él solo, lograba una mayor conexión con su ser y empezó un trabajo interno de sanar, limpiar y curar lo que no funcionaba bien en su interior y lo hacía reaccionar de formas no agradables.

Las meditaciones las hacía en la mañana y en la noche, una vez como de costumbre se levantó e hizo la meditación, se vio de un momento a otro, en la cima de una montaña, estaba muy nublado y el lugar era boscoso, tenía poca visibilidad para ver lo que tenía a su alrededor, aun así, buscó el camino y emprendió una caminata, entre la bruma logró identificar una figura humana que se acercaba, cuando se acercó más, se dio cuenta que era Dalil, se llenó de emoción, ambos se llenaron de alegría y se abrazaron, había pasado mucho tiempo sin verse, sus almas se fundieron en una sola, sintieron la eternidad, lo infinito, la profundidad de la luz, todo a su alrededor se volvió dorado, caían unas lluvias diminutas de color dorado que daba un aspecto de solemnidad, era lluvia de abundancia, el chico estaba excitado con lo que veía.

Dalil lo convidó a ingresar a uno de los árboles de esa dimensión, para que pudiera volver a ingresar y experimentar lo que no había podido realizar, porque sus padres se turnaban para llevarlo al colegio, aunque él se ingeniaba cosas para jugar con sus padres en el bosque y así tocar el árbol, ellos lo hacían sin comprender las intenciones de su hijo y sentía muchos deseos de abrazar a su amigo el árbol pero sabía que podía desaparecer a los ojos de los padres y esto les causaría mucha incertidumbre y no quería que se preocuparan.

Aprovechó para abrazar al árbol como lo hacía antes, retomó energías, no podía desaprovechar el ofrecimiento de su guía, ingresaron al árbol, no podía creer que estuviera en el pasillo con las puertas de colores, de una se conectó con la puerta amarilla, Dalil aprobó con la mirada y se dispusieron a entrar.

Como siempre, cada puerta los llevaba a lugares mágicos, esta vez no era la excepción, los dos visitantes se vieron sumergidos en las profundidades del mar, el chico sabía nadar, aun así, temía que pudiera ahogarse, comenzó a nadar hacia la superficie y su guía solo lo siguió, cuando sacaron la cabeza, Dalil se reía de la escena y le dice al chico que recordara que no estaba en el cuerpo físico, tu alma no muere entonces no tienes peligro, de morir ahogado. El chico soltó una carcajada y se dispuso a salir del agua.

No entendía en dónde estaban, sentía un ambiente de mucha calma, tranquilidad, amor, todo era hermoso, luminoso, salieron y el chico seguía preguntando dónde estaban, sin tener respuesta por parte de su guía, guardó silencio todo el tiempo caminaron y percibieron que si bien no tenían el mismo cuerpo eran humanos, esto era maravilloso, exclamó el chico, por fin somos normales, ambos rieron. Su ropa era ligera, vestidos cortos color caqui, sandalias tres puntadas cafés, sus cabelleras eran abundantes.

El lugar era una ciudad moderna, en el pasado, caminaron y vieron construcciones majestuosas, los árboles eran de colores, se veía una estructura imponente; la tenían a todo el frente de donde estaban, eran blancas con barrotes dorados, con flores, y algunas partes tenían el oro. Tenía a lado y lado esculturas de seres atléticos, era una estructura exageradamente grande, comparado al tamaño de sus cuerpos, Dalil rompió su silencio y dijo: "Estamos en la Atlántida, era una civilización en la que vivían como humanos, pero sin olvidar quiénes eran, y su propósito, mantenían la conexión permanente con sus seres de luz, protectores, todo era un paraíso".

No conocían el odio, la rivalidad, celos, todas las bajas pasiones no existían, vivían en total armonía, conservaban sus dones y podían hacer magia con solo un pensamiento, todo se les daba y se cumplía en la menor brevedad, convivían con los dioses, seres magníficos; con los gigantes, pero qué pasó con esta civilización preguntó el chico. Su guía le respondió: "Un día cualquiera, en la mente del colectivo, se creó una duda, ¿y si nos olvidáramos quiénes somos y de qué dios? ¿Qué pasaría? Se preguntaron y solo basto eso para que las vibraciones bajaran en varios habitantes del lugar y el ego se apoderó de ellos".

"Sus vidas transcurrían en completa armonía hasta ese momento, a partir de allí conocieron la discordia, el ego empezó su travesía en lo que sería una subyugación total de la conciencia, el ser seria enajenado por completo, se crearon estructuras de poder para dominar generación tras generación, se le hizo creer muchas cosas al ser humano, a través de paradigmas limitantes, todo el que iba naciendo aparte que no recordaba nada porque al entrar en este estado colectivo, lo mejor era que llegaran sin dones y sin saber nada, por seguridad se hacía debido a que todo aquel que demostrara la más mínima acción de que recordaba algo, era eliminado inmediatamente, esto lo hacían aquellos que estaban en el poder y habían invadido territorios, se creían dueños y señores de todo cuanto existía".

"Sus normas, leyes y mandatos eran inhumanos, esclavizaron por eones a la raza humana y los seres de luz que despertaban debían pasar desapercibidos para no ser asesinados, cambiaron las costumbres y creencias, fue tan fuerte su accionar y tan violento que lograron que todos los seres humanos se doblegaran y vivieran en el oscurantismo de su ser, olvidando completamente quiénes eran, vivieron sometidos a los grandes imperios que fueron llegando, uno caía para darle paso a otro pero siempre con el mismo foco, controlarlos a todo nivel, se creó un sistema cultural, social, político, económico y así vivieron por miles de años.

Hasta que se fue debilitando cada uno de ellos, el ser ya podía expresarse, al principio era oculto y a medida que fue entrando más luz a la Tierra, más personas tomaron conciencia, a pesar de que sigue habiendo injusticias o daños, las normas están encaminadas a proteger a los ciudadanos de cada país, esto fue cambiando la manera como se trataban entre ellos. Ya hay más conciencia de cuidarnos y protegernos, el ego aún vive y seguirá, pero cada vez su voz es más silenciosa, ya no puede gritar como lo hacía en otras épocas".

"El ego logró por eones, esclavizar la raza humana y aunque su propósito era perpetuarse en el tiempo, ahora las cosas han ido cambiando, aún quedan rezagos de esa sublevación y esclavitud a la que fue sometido el ser humano, pasaron de vivir el paraíso a sentir el infierno, en el que las emociones de baja vibración se apoderaron de sus vidas y comenzaron a desear el poder, a imponer sus ideas sobre los demás.
El ego les hizo creer que se debían defender y se desataron guerras, hambrunas, cada vez se sentían desconectados de todo su ser de la divinidad, pensaron que debían luchar para defender su territorio y para recuperar el poder interior, y entre más asesinaban, oprimían al supuesto enemigo, se enajenaban ellos, no entendían que se estaban condenando a ellos mismos era una lucha contra su propia divinidad, el ego, tan sutil como siempre, se salió con la suya, haciéndoles creer que el camino era la violencia, el pasar por encima del otro, tener poder

económico, social, político los hacía más que los demás".

"Los humanos, incluyendo las almas que llevaban aun el sello de la Atlántida, pasaron por sus vidas en plena soledad, tristeza, deseos de venganza, creyendo que ganaban guerras, en realidad siempre perdieron, con solo estar desconectados estaban totalmente perdidos, debieron pasar miles de años, para que las almas antiguas pasaran por cantidad de vidas tratando de recoger información, experiencia en todas las facetas, en diferentes roles, de buenos, malos, opresores, esclavos, en órdenes religiosas, políticas, económicas.

Para poder entender que por más que lucharan nunca lograrían la paz o restablecer la unidad, solo el camino del amor incondicional seria el verdadero, quien los liberaría de pensamientos egoístas y destructivos, solo el camino era el amor, era volver al inicio así empezaron, el camino del despertar es cuando te aceptas y aceptas al otro como parte de ti y lo vez en la unidad con todo el universo, solo cuando te amas y ves al otro con compasión, desaparecen las diferencias o el deseo de dominar, cuando estás en esta frecuencia la oscuridad no soporta la luz y el ego no puede gritar".

"Pero el ego no se dejaría vencer tan fácil, su pelea la daría, por eso diseñó formas sutiles de presentarse, cada vez sería menos detectable, una vez los humanos comenzaron a tomar conciencia de que debían vibrar alto, **el ego se volvió invisible en algunas facetas,** pero ahí está, al acecho, con menos fuerza pero está listo para atacar y hacerlos vivir el infierno en cada situación de la vida, cuando nos enganchamos con otra persona pensando que nos ataca y quiere destruirnos pero solo tiene una perspectiva distinta, ve el mundo desde otra óptica no nos ataca solo quiere que se haga todo desde su forma de ver la vida como también lo hace su compañero de camino, su espejo".

"Tantas muertes, pleitos, guerras, hambrunas para entender que por ahí no era, que solo a través de ver la luz en el otro está la salida, porque el otro es mi espejo, si algo no me gusta de la otra persona es mi lado oscuro que no acepto, cuando comienzo a ver todo el proceso desde la compasión por el otro, la salida al laberinto se ve, tal como la salida de un túnel oscuro, así mismo brilla, nos llama a gritos para que volvamos a la luz y la verdad del ser".

"Cuánto nos enseñó el ego durante eones, nos pulió, y aunque él continuará en la Tierra porque hace parte de la dualidad, podremos mirarlo a los ojos y brillar;

saber cuándo es necesario que salga y cuándo le pedimos que no grite (sshhhh no me grites, habla más pacito, le decía Dalil al chico para cuando sintiera que el ego se apoderaba de sus pensamientos) cada vez hablara más bajito hasta casi no ser escuchado para que la voz del corazón se sienta, es más suave pero poderosa, la fuerza del amor se asemeja a un dragón echando fuego, ruje, tiene fuerza y puede calcinar todo lo que no vibra en la luz".

"Cuando los humanos bajaron su vibración, no volvieron a ver los seres de luz, ni dioses, se volvieron invisibles, si permanecían allí en realidad nunca se fueron, pero para el ojo humano era imposible verlos, el ego los cegó, los gigantes de esa época eran amados y respetados, a pesar de que tenían funciones de fuerza y para cargar cosas, siempre se miraban como iguales, luego de la caída de la Atlántida.

En esta nueva época de oscurantismo, fueron esclavizados, por los grandes magos que si bien conservaban algo de poder no comparado como lo tenían, pero si podían aun hacer cosas sobrenaturales solo que ya el objetivo era distinto lo usaban para destruir y dominar, para sentir el poder y defender sus territorios, pensaban que así volverían a recobrar la paz, pero cada vez era más difícil, porque se metían en guerras innecesarias que nunca acababan".

"Pero poco a poco fueron perdiendo los dones, o quedaron desactivados por el mal uso que le estaban haciendo, lo usaban para hacer daño a los demás seres del planeta, solo tenían en su interior deseos de poder y de venganza por quienes habían traído este dolor a la Tierra (los Draconianos), a medida que perdían la magia, implementaban el terror para ser respetados y obedecidos".

"La ciudad de luz, aquella que había albergado el amor de tantos y la luz, debía desaparecer, porque su propósito se había desdibujado, el cual era traer el cielo a la Tierra se desvaneció, el mar la cubrió por completo, y la mayoría de seres que no bajaron su vibración pudieron trascender y se fueron unos a otras galaxias, los demás se quedaron para ayudar desde lo invisible y otros encarnados, el océano se llevó las construcciones y tapó cualquier indicio de conocimiento, solo volvería esa información cuando estuvieran de nuevo preparados para recibirla, los portales se cerraron para protegerlos y quedaron custodiados por invisibles y en zonas de difícil acceso de los humanos".

"Se trajeron especies de animales salvajes que ayudarían a cuidar tal propósito, todo quedó bajo el mar y cubierto de una capa invisible a través de un portal, esta saldría cuando las vibraciones en la Tierra volvieran a subir. La evolución del hombre en la el planeta comenzó de cero, empezó desde lo más primitivo hasta llegar a una conciencia interior como la que hoy se está experimentando en el planeta y a medida que más almas despierten la energía irá aumentando y brillará de nuevo la luz de la fuente, con una ventaja que las almas antiguas estarán más preparadas, capacitadas para todo, la experiencia que adquirieron en la Tierra no la habrían podido tener en ninguna galaxia, por ello es que el planeta es tan apetecido por las almas para poder tener experiencias que les ayudarán a fortalecerse y evolucionar más rápido".

"La Atlántida se fue para otro espacio dimensional, y aguardan esperando el gran momento para instaurar la ciudad de la luz o ciudad dorada, como es conocida. Cuando cada alma que se quedó voluntariamente experimentando el ego y que ha tenido todas las experiencias humanas, viviendo todos los roles, cuando despierten y recuerden quiénes son, que sepan que han sido los pioneros; inicialmente fueron quienes comenzaron esta aventura de ciclo de reencarnaciones, y serán también los pioneros del renacer y el despertar.

Su propósito siempre ha sido que no se van de la Tierra hasta que despierte el ultimo humano, cuando ya todos vivan desde su corazón ellos verán la tarea cumplida. Esto les garantizaría enderezar el camino que ellos mismos habían emprendido y de ahí se llegó a este gran aprendizaje de reencarnaciones, en verdad comenzaron este experimento sin saber en qué terminaría y no contaban con que vinieran tantas almas y de muy bajas vibraciones lo que les exigió empezar de cero".

"Las almas antiguas han despertado en varias vidas, para llevar el mensaje de amor durante eones, para ir sembrando semillas de esperanza, en cada corazón y anclándola a la Tierra, dejando pistas para cuando reencarnan sea más fácil despertar, su tarea ha sido dura, pero no se rendirán, estos 144 mil guerreros de luz son valientes que emprendieron una ruta totalmente desconocida para que sus almas aprendieran lo importante de la conexión con la divinidad de alma.

Sentir la abundancia para crear su propio mundo en medio del caos, ya que cada alma que llega al planeta experimenta la separación, pero estos guerreros de la luz, ya encontraron el camino y lo han iluminado, al anclar la luz la expandieron, es a partir de ese momento que cualquier ser humano que voluntariamente desee despertar ya tiene el camino trazado, cuenta con las antorchas en la ruta y señales que indican por dónde seguir, por tanto no hay pérdida para los que inician este sendero de luz y amor".

Talib observaba todo el terreno con lujo de detalles, no quería perder las imágenes del lugar, las personas tan amables y respetuosas, solo le quedaba una pregunta, ¿Cómo saber si haces parte de las 144.000 almas valientes?, en el fondo de su corazón deseo ser parte de una de ellas, pero sabía que era su ego buscando reconocimiento. Dalil con todo el cariño como era su costumbre le contestó que cada alma sabe en su interior, en su corazón, si es parte de este grupo, puedes pedirle a tu ser de luz que te guíe y te muestre si haces parte de ese grupo, aun así, en caso de que no lo seas no pasa nada eso no te hace ni más ni menos persona son propósitos diferentes y los aprendizajes estarán ligados a este propósito.

Dieron una vuelta más por el lugar, se veían muy reales, pero sabían que eran similares a los humanos, pero con algunas diferencias estaba muy ligado a la vibración que tenían y al entorno, al poco tiempo el guía le hace una seña al chico para que recuerden que deben regresar, se dirigen hacia una esfinge y pronuncia las palabras y sonidos característicos del lugar, se abre el portal y llegan a la casa del chico donde aún su cuerpo sigue meditando. Para él fue muy alentador saber que podía ir a esos lugares a través de la meditación, esto les daría tranquilidad a sus padres y a él mismo porque podría ir cuando quisiera, a estos lugares mágicos de luz y color.

Además, logró entender realmente lo que había pasado con esas civilizaciones y su supuesta desaparición, como habían hecho para no dejar rastro o si lo dejaban no decía nada a los ojos de la tercera dimensión, el chico agradeció a Dalil todo el acompañamiento, por estar presente siempre, por apoyarlo en un proceso que no era fácil de entender sin una orientación. Se despidieron y el chico se acostó a dormir.

11. Explorando viajes intergalácticos

Los días siguientes, el chico vivió muchas experiencias, parecía que estuviera presentando exámenes de lo que había aprendido, se le presentaban situaciones donde su ego se veía confrontado; en muchos quedó inmerso en las situaciones y se inmiscuyó completamente en escenarios extremos que se le presentaban. Él no entendía qué pasaba, se enfadaba diciendo "pero qué pasa, ¿todo está en mi contra?", luego de molestarse y tener experiencias con personas, circunstancias y lugares donde todo lo sacaba del estado de tranquilidad, decidió hacer un pare en el camino para entender lo que le pasaba.

Pudo verse, cómo había actuado con desespero, ira descontrolada totalmente. Su felicidad de días anteriores había desaparecido, pero muy hábilmente, comenzó a caminar con más cautela para analizar cada situación y fue notando que cuando se salía mentalmente de lo que acontecía, nada tenía que ver con él. Vaya, qué juego tan cruel el del ego, siempre nos hace creer que todo girará alrededor de nosotros, por supuesto que cuando nos conectamos con esa energía, vivimos condiciones muy incomodas de dolor, soledad, angustia y cuanta emoción negativa, porque su objetivo es desconectarnos de la fuente, que olvidemos que somos magnificentes y creadores de nuestra realidad.

Esto pasa muy a menudo cuando un alma decide transitar por el camino del despertar, se somete voluntariamente a pruebas que le permiten ir haciendo conciencia en qué puntos debe reforzar. Todos estamos en la Tierra con el propósito de traer luz y vivir en armonía, como seres de luz, con toda la expresión de la divinidad, aun así, cada uno debe trabajar en unos temas específicos, para llegar al punto de poder recordar quiénes somos, de dónde venimos, qué vinimos hacer y de sentirnos y ser libres.

El chico se dio cuenta que meditando podía ir a cualquier lugar que quisiera, del futuro, el pasado, otras dimensiones, hacer viajes intergalácticos, etc. Era una especie de cámara del tiempo en la que podía moverse de un lugar a otro sin tener problemas, era una oportunidad única que le permitía sanar dolores del pasado, no solo a nivel personal sino también de toda la humanidad, porque cuando tu sanas, todos lo hacen.

Sanar el linaje, también era una opción, cortar lazos que se han perpetuado por siglos de generación tras generación, cortarlos y permitir que se sane el pasado y que el futuro construya una nueva historia sin contaminación, todo esto era muy fascinante para el chico, era único, verdaderamente emocionante y que aprovecharía al máximo. Se percató **que estos mundos estaban a un pensamiento, solo era ir con su mente y conectarse con esos lugares lo que haría que se moviera sin problema**, esto lo llevó a entender que un pensamiento y una palabra pueden cambiar el rumbo de cualquier circunstancia, solo teniendo la intención, de ahí la importancia de cuidar lo que se piensa y se dice.

En estos viajes conoció también a los Mayas, los visitó a través de sus meditaciones, como lo pudo él mismo comprobar, ya no requería ir hasta el pasillo de las puertas de colores que se encontraba en el árbol, aunque era necesario haber empezado así, porque mientras el ser de tercera dimensión entiende que tiene más cuerpos que son sutiles, que es un ser multidimensional y que puede moverse por mundos al mismo tiempo, eso cuesta, haber empezado por el árbol, estuvo bien porque la conexión da algo físico y esto es familiar para el ser humano, ya luego que toma confianza sabe que se puede mover por el universo sin hacerse daño, solo fluir es la ley, tener la intención de viajar a cualquier lugar del pasado o futuro, sin necesidad de preocuparse por el dinero, estos viajes permiten tener una perspectiva diferente a la del ego.

Por ejemplo, conocer la cultura maya, saber por qué desaparecieron, adónde se fueron, por qué se llevaron la mayoría de su legado de conocimiento, los enseres, la única explicación creíble, luego de ver lo que había experimentado el chico, era pensar que ellos, al igual que los dinosaurios, se fueron a través de un portal. Fueron una civilización muy avanzada, nos dejaron los principios de la agricultura, arquitectura, matemáticas, el arte textil, la cocina y la topografía, la astronomía, el telégrafo.

Se fueron porque se comenzaron a presentar unos cambios climáticos que afectaron la agricultura, se presentaron sequias, hambrunas, y se estaban viendo perseguidos por un grupo de personas que ansiaban el poder, y por sus creencias no se subyugarían a nada ni a nadie, no permitirían que les hicieran daño a ninguno de su tribu, por ello vieron que era el momento de partir, ya habían dejado lo que correspondía, aunque deseaban más las condiciones que se estaban dando para que ellos salieran de este lugar. Planearon la ida a su hogar a través de un portal y hoy en día todavía permanecen en ese campo dimensional.

Talib seguía buscando más, quería saber sobre todas las cosas del universo, lo vivido y lo que estaba por vivir, quería conocer más allá de la Tierra, ¿que había?, se preguntaba, le llamaba la atención todo el espacio exterior hizo varios intentos de visitarlo a través de la meditación, llegaba casi hasta la superficie, sentía que debía hacer un esfuerzo mayor para lograr salir y poder hacer el viaje a lo profundo del espacio. Luego se dio cuenta que no era cuestión de hacer esfuerzo, se trataba de fluir y confiar que todo saldría bien, entender que nada le pasará al alma y el cuerpo quedará siempre protegido.

Un día luego de hacer varios intentos, logró salir de la Tierra, sintió realmente magia, una sensación poderosa, nunca la había sentido, vio muchos seres de luz de colores variados parados alrededor del planeta enviando luz, los rayos eran de colores y formas, daba la sensación de ser un arcoíris en todo su esplendor, los seres eran tan grandes que parecían parados alrededor de una pelota de baloncesto, sus manos se dirigían allí para iluminarla. Parecían no cansarse, lo hacían con total paciencia y esmero, pero en la Tierra no se percataban de tan maravilloso evento, pasaba desapercibido, era un evento que estos seres hacían constantemente y a diario y solo unos pocos alcanzaban a percibir de cuando en vez algún rayo de luz que los iluminaba y por unos instantes se sentían acompañados, y quedaban con una sensación que habían sido escuchados en este atrapamiento.

Al interior de la Tierra se viven tantas emociones, que nos mueven en un mar de sensaciones en la mayoría negativas, las positivas pasan por alto, nos inunda la amargura y no logramos ver todo lo bello que nos llega a cada segundo, cuanta luz, cuanta magnificencia, todo debería verse como un milagro, el canto de los pájaros, la sonrisa de un niño, la mirada de un anciano, el viento como mueve las hojas de los árboles, el sonido del agua al caer, adicional los que tenemos material como la casa, el trabajo, la familia, el dinero (así no sea lo que deseamos, tenemos lo necesario para vivir), la salud, todo el funcionamiento del cuerpo es un milagro, es una maquina perfecta que está a nuestra disposición.

Nos metemos tanto en lo que deseamos, en los triunfos o fracasos que se nos olvida agradecer, por lo básico, el nuevo día, el sol, por la compañía en el puesto de la silla del transporte público, por tantas personas que madrugan cada día para prestar sus servicios, porque nos podemos duchar con agua limpia, por tener una cama, un techo dónde cubrir nuestro cuerpo mientras llueve o hace mucho calor, por la abundancia que es infinita y para todos, por los invisibles (seres que no vemos pero que sentimos su presencia, es aquel que cuando estamos en circunstancias difíciles nos abraza y nos carga para que pasemos con cuidado mientras la marea de la vida está alta, los hemos llamado de mil formas de acuerdo a las creencias y las culturas, no importa qué figura física le demos, siempre están allí) que nos ayudan y nos brindan su apoyo incondicional.

El chico se percató que tenía bajo sus pies una especie de patineta de luz, era de forma ovalada, era bastante luminosa, con solo pensar su vehículo se movía por todas partes, en realidad fue divertido para él, no pudo evitar jugar con su nueva adquisición, se movía rápido, frenaba en seco, hacia giros, y se deleitaba con los halos de luz que desprendía su vehículo de luz, toda una tecnología para descubrir, estando en medio de esta diversión, sus risas se escuchaban por el espacio, esquivaba los objetos que transitaban por aquel lugar. En uno de los saltos mortales que estaba haciendo vio a lo lejos una figura humana que venía en dirección a donde él estaba que se movilizaba en una patineta similar.

En la medida que se iba acercando lo fue reconociendo, era su amigo Dalil, no podían evitar la alegría de verse de nuevo, el chico suspendió el juego que había iniciado con su patineta de luz y se dirigió a él, su guía le dijo que quería mostrarle algo realmente fascinante, se movieron rápidamente a través del espacio, si bien se veían objetos luminosos, primaba el oscuro del infinito, se fueron en dirección al gran sol, ellos no sentían si estaba caliente o frío el lugar en la medida que se acercaban sentía que era cálido, aun así el chico temía morir calcinado por tan inmenso espectro.

Dalil como siempre le dio la tranquilidad que no pasaría nada malo, que confiara, porque sus cuerpos no eran físicos y no se encontraban en tercera dimensión, se sentía todo diferente, había paz, a medida que se acercaban podían ver a lo lejos otras formas redondas y ovaladas de los demás planetas.

El sol era totalmente diferente a lo que había imaginado, siempre pensó que vería un círculo de fuego rojo, naranja y amarillo, muy caliente y lo cual sería imposible llegar allí. Pero cuando se acercó, pudo notar que había un ambiente cálido, lleno de amor, solo era una esfera brillante de una luz blanca muy incandescente pero no fastidiaba a los ojos, el chico miró a su guía y con la mirada le agradeció por llevarlo allí, sentía que era un lugar mágico y que debía explorar en algún momento, estaban contemplando el lugar y de repente se abrió una puerta en el gran sol.

Esta estaba hecha del mismo material de luz y cuando se abrió parecía que todo adentro era la misma luz, no se diferenciaban formas conocidas para los humanos, como muebles o enseres, a la puerta se asomó una figura muy grande con una capa, parecía una especie de rey o algo así, este ser a pesar de que era hecho del mismo material y textura del sol, se distinguía que tenía un atuendo de la realeza y con barba larga, estiró sus brazos en señal de abrazo.

Dalil le indicó al chico que se acercara. Él, temeroso, obedeció y abrió sus brazos para responder al llamado de aquel ser. Se abrazaron y lo que siguió de ahí fue indescriptible, sintió que se fundieron en uno solo, había demasiado amor en aquel ser, no hubo reproches solo la entrega de luz. El ser le susurra al oído del chico, **"has vuelto, bienvenido a casa, puedes volver cuando quieras**, cuando sientas que ya tus fuerzas no dan más, cuando sientas que necesitas recargarte puedes venir, ya conoces el camino, siempre serás bien recibido, te pido que cada que vengas, te llenes de tanta luz como puedas y vayas a la Tierra y digas- **anclo a la Tierra la luz que traigo de la fuente y la extiendo en todas las direcciones del tiempo**-".

Talib no quería perder la frase que debía pronunciar, con mucha gratitud. Se despidió y corrió con Dalil a la Tierra dejando un halo de luz en su camino e ingresó a la Tierra pronunciando las palabras, podía ver un destello de luz cada que las decía, eran de colores y se movían por el cielo cubriendo todo el planeta. Esto no paró allí, el chico cada que hacía sus viajes afuera, como él lo decía, siempre traía la luz y la anclaba. Comenzó a sentir y percibir que cada vez que lo hacía cambiaban los colores de estas luces, un día se dio cuenta que al ingresar a la Tierra con esta luz se encontró con miles de seres que hacían lo mismo que él, qué revelador darse cuenta de que no estaba solo en esta misión, varios habían recibido el llamado de ayuda del planeta.

Esto tenía un propósito y era que ya no solo la luz estaría de afuera para adentro como lo hacían los seres de luz gigantes, sino que la luz ya estaría de adentro para afuera. Y comenzó a hacer muchos ejercicios de anclar la luz a la Tierra, cuando iba a un río, mar o lago, siempre se conectaba con los elementales del lugar (agua, fuego, aire y Tierra) y les pedía que formaran una sola presencia unida a su corazón lo cual estarían juntando los 5 elementos y decía las palabras que le había enseñado el gran rey del sol, era un ritual que le fascinaba hacer porque sentía una conexión con toda la divinidad.

En la medida que hizo este ejercicio veía que cuando se encontraba con las demás almas que traían luz, todos ingresaban por partes distintas en el planeta como esparciéndola por todos lados, con colores diferentes y se lograba distinguir una figura en cada halo de luz, era como si cada uno trajera una información diferente que sería anclada para el despertar de la humanidad, luego entendió que cada uno traía un código, el cual era único y representaba una información que cada ser traía del lugar de origen (serian códigos de legiones más evolucionadas de otras galaxias, que ayudan a la Tierra desde que comenzó esta aventura).

Era una especie de fichas del rompecabezas que llegaban a la Tierra para ser armado y formar una red de luz llamada rejilla cristalina que se activa en la medida que las almas despiertan y anclan su código de luz, es un trabajo en equipo, un solo ser no podría hacerlo solo, necesita de las demás almas despiertas para activarla y una vez se encuentra cubierta de esta red de luz, las almas que no han despertado se conectarán y recordarán la divinidad que son, todos conscientes o no podrán recibir el beneficio de esta rejilla vibrando en amor incondicional y reconociendo la luz crística que llevan consigo, una vez activada esta malla jamás se apagará en la Tierra, permanecerá así por la eternidad y los ocupantes del planeta se beneficiarán de esta energía y quien definitivamente no acepte esta vibración deberá irse para otro galaxia que esté comenzando su proceso evolutivo y allá comenzará de nuevo la rueda de las encarnaciones hasta lograr su evolución.

Talib le gustaron tanto las salidas al exterior que las hacía muy a menudo, la mayoría iba sin su guía, cada vez cogía más confianza que podía hacerlo solo; Dalil, a veces, lo observaba siendo invisible, quería asegurarse que todo estaba bien y que no se metería en problemas. Como lo había sospechado cada vez sentía que se llegaría la hora de soltarlo y que ya serían más ocasionales sus encuentros.

Todo tenía un comienzo y un final, aunque faltaba por contarle cosas y mostrarle veía como había sido el crecimiento del chico, ya entendía muchas cosas, su aspecto era de un ser ya muy experimentado, ya se movía por los mundos con una agilidad y habilidad increíble, podía estar en la Tierra viviendo una vida física conectado con lo invisible que para él era cada vez más visible. Al chico lo reconfortaba ir al gran sol, el rey de aquel lugar siempre lo recibía con la bienvenida y el abrazo y solo era necesario eso para el volver a su rutina diaria con toda la fuerza, podía afrontar lo que le llegara con solo ese encuentro periódico.

Un día, el chico comenzó a meditar, como ya era su ritual antes de dormir, quería volver al gran sol. Cuando salió se encontró de nuevo con Dalil, se abrazaron y le dijo que lo quería llevar a un lugar y dar unas repuestas que había solicitado, se movieron hacia el interior del espacio a través de la patineta de luz y hablaban de la inmensidad del lugar, mencionaron los multiversos, hoyos negros, de las estrellas lejanas, las naves, los mercabas (teletransportación con su propia energía), todo era muy por encima solo como para tocar el tema, Dalil quería darle tips para que él después explorara a profundidad, que por cierto lo hacía muy bien.

Caminaron en dirección a un círculo, no se sabía bien qué era, pensaba el chico, se fueron acercando cada vez más, y se lograba ver su verdadera forma, al acercarse era inconfundible, estaban parados justo ahí donde yace Marte, ingresaron y comenzaron a recorrer el lugar, era árido, vacío, casi sin vida, con algunos rastros que por allí había pasado seres o había tenido vida el lugar, porque se notaban espacios como por donde ha transcurrido el agua, eran cañuelas secas que mostraban algún indicio del agua en otra época. Recorrieron por muchas partes, si bien cambian las formaciones geológicas del lugar, todo estaba repleto de un color ocre, arcilloso, con indicación de haber tenido vida.

Al chico esta escena le costó entenderla, lo puso melancólico, triste, de solo imaginarse, cómo habría sucedido esta catástrofe, cómo se habría acabado el planeta, porque no había ni una sola apariencia de vida y quién los exterminaría. Dalil al leer sus pensamientos, le contestó: "A ellos nadie los exterminó. Lo que les sucedió fue que ascendieron, todos lograron vibrar más alto y están en una dimensión superior que es la quinta, cuando de la Tierra envían robots, solo podrán ver en 3D, verán todo muerto, seco y sin rastro de vida, pero cuando cierras tus ojos y elevas tu vibración, mira lo que sucede".

El chico hace el ejercicio de cerrar los ojos, cuando los abre, comenzó a ver cómo cambiaba todo su entorno, era demasiado mágico, se formó una ciudad gigante de cristales, había de colores, predominaban los blancos y transparentes, eran edificios rascacielos, la ciudad de cristal como es conocida por los invisibles, solo se puede ver cuando se vibra alto, mientras continúen enviando de la Tierra aparatos en tercera dimensión no podrán observar esta maravilla.

No solo Marte está en quinta dimensión, sino que todos los planetas del sistema solar al que pertenece el planeta ya están en vibraciones superiores, por ello no se ha podido encontrar vida en ninguna parte de la galaxia, el planeta Tierra es el único que falta por ascender, aun así, está muy avanzado en el proceso de evolución. Empezaron a ver a los habitantes del lugar que eran igualmente gigantes y muy luminosos, tenían cierta apariencia similar a los humanos, la vegetación era colorida e iluminada, tenían su propia fuente de luz de colores. Ya luego de ver esta magnificencia y de entender cómo se ve de acuerdo con la dimensión que .se visite, el chico sintió que debía regresar, ya que al otro día tenía que ir al colegio y lo levantaban muy temprano; se dispusieron a salir de allí agradeciendo a todos por permitir mostrarse ante ellos.

Muchos más fueron las salidas que hacían estos dos amigos. Se encontraban continuamente para poder visitar lugares increíbles, el chico cada vez perdía más interés en hacer cosas con sus amigos del colegio, prefería siempre estar en el espacio reconociendo lugares y explorando mundos, además que le permitía entender muchas cosas, cada que conocía más planetas y galaxias se interesaba mucho por conocer cómo funcionaba el mundo y entender por qué sucedían ciertas cosas que a veces los humanos no comprendían.

Llegaba momentos en pensar que todo era producto de su imaginación y que no era real lo que experimentaba con su guía, pensaba que las películas que mostraban estas cosas eran porque posiblemente ya habían tenido estas experiencias. Estamos a un pensamiento de esta verdad, todo lo creamos con la mente, fue lo más relevante que podía aprender el chico, ya con esto sabía que la mente era nuestra amiga o enemiga de acuerdo con el uso que le diéramos.

Dalil le insistía mucho que si bien hacer los viajes intergalácticos eran muy fascinantes y le daban muchos aprendizajes, no podía perder el foco de su verdadero sentido de estar en la Tierra aparte de traer la luz y anclarla era vivir la experiencia terrenal, esta no se podía perder porque era el gran aprendizaje, estar encarnado en el cuerpo humano era ya de por sí un esfuerzo para el alma, por ello se viene a la Tierra a aprender un poco desde las limitaciones, por ello no podía perder el foco que era estar en esos mundos viviendo y recordando experiencias y así poder traer la información a quien deseara escuchar pero por otro lado debía concentrarse en vivir la experiencia de estar en la Tierra y aprender de lo que se presentaba.

En sus recorridos identificó varias naves que se movían por el lugar, cuando pudo ver a sus ocupantes observaba que tenían diferentes formas y figuras unas muy conocidas y agradables a sus ojos, otras no tanto. La mayoría de las naves que vio pudo notar que sus ocupantes eran diferentes, es decir, los viajeros de una nave no se parecían a los de la otra, eran todos de lugares distintos, pensaba el chico; eran miles de especies o civilizaciones, pero ninguna le hizo daño ni se le acercó, solo lo observaban como él a ellos.

Su deseo era poder verlos más de cerca, quizá hablarles y compartir experiencias, pero sentía miedo y eso hacía que no se pudiera materializar el encuentro tan deseado. Hacer parte de la ley universal, respetar en todo momento el libre albedrío y estos seres sí que conocían las leyes y las cumplían. Solo cuando el alma lo decide, cuando decide ver y sentir sus aprendizajes, por tanto, estos seres que aun vibran alto saben cuándo el alma humana está lista para recibir las enseñanzas.

Se preparaba para hablarles cada que iba para esos lugares, una vez los veía sentía un frío que recorría su cuerpo y no lo permitía.
Un día, en esas salidas, advirtió algo que para él era insólito, salió de la Tierra y vio todo muy oscuro,

desolado, aun así, continuó y notó cómo en medio de la nada había un boquete, parecía un hueco en el espacio, seguía siendo del mismo color, pero se notaba que tenía una actividad diferente el hueco y por ello se percibía, se arriesgó y se metió en aquel hoyo que se movía en una sola dirección, algo lo expulsó hacia el exterior de aquel hoyo. Al salir vio algo nunca antes imaginado por él o cualquier otro humano, tenía delante de él una majestuosidad.

Veía una variedad de galaxias, sus colores eran variados y el chico nunca había visto esos tonos en la Tierra, parecían colores nuevos para él, los planetas eran fluorescentes, eran similares a los del sistema solar pero estos lucían más radiantes, estaba el gran sol, muy blanco, habían estrellas luminosas y objetos que volaban en diferentes direcciones y también eran luminosos, todo se movía con lentitud, y armonía, parecían moverse al compás de una música que el chico percibía pero no sería posible escucharla en la Tierra, era muy sutil y daba un ambiente de tranquilidad.

Experimentar esta magnificencia, era para el chico una de las mejores cosas que había podido ver, se sentó a fuera del hoyo, desde allí contemplaba el lugar, quería con todas sus ansias volver, se sentía diferente. Algo cambió en él, se sentía pleno en aquel lugar.

Recordaba las palabras de Dalil, que hiciera los viajes sin olvidar el foco que estaba en la Tierra, ahí era su aprendizaje y esta información era para que él comprendiera muchas cosas y también para que las pudiera contar a quien quisiera escuchar.

Se fue de aquel lugar pero lo comenzó a frecuentar, cada vez más lo podía hacer con mayor facilidad, trataba de contactar a los seres luminosos pero no lograba hacerlo, se preguntaba qué hacía falta por parte de él para lograrlo, pero un día estaba en su recorrido habitual, al salir del hoyo se percató que la luz del gran sol central estaba más blanca y brillante, no lo encandilaba pero sí sentía que iluminaba mucho más, se acercó al lugar, no sentía miedo, era una confianza absoluta que no pasaría nada malo, le generaba paz esta luz, en la medida que se acercaba notó que estaba el rey de luz que había visitado al interior del hoyo donde se encuentra el sistema solar de la Tierra, comenzó a oler a flores, era muy agradable, el ser estiró sus brazos en señal de abrazarlo, como lo recibía cada que lo visitaba.

Le repitió otras frases como **"lo lograste, encontraste el camino de regreso, eres muy valiente llegar hasta este punto",** el chico tenía una serie de sentimientos encontrados, entre consternado, nervioso, con mucha gratitud, feliz de estar allí y haberlo logrado, toda su

perseverancia había valido la pena. Recibía cada palabra como un bálsamo para su alma, recordó su magnificencia, su eternidad, que somos uno con el creador, con todo lo que es y cuanto existe.
El rey le recordó que podía volver cuando lo deseara, y que llevara la luz de la fuente para esparcirla por el planeta, para continuar anclándola y así todos pudieran recordar quiénes son y sus propósitos. Obedeció, como siempre, esta vez al ingresar a la Tierra esta luz entró con tanta fuerza que explotó y se regó por toda la faz del planeta, fue un honor poder asistir a la Tierra con esta luz, se sentía muy feliz.

Sabía de antemano que esto no lo podría contar a cualquier persona solo sería a quien el consideraba que podía escucharla, ya que en sus meditaciones a veces veía cómo algunos se burlaban de sus historias y esto hizo en definitiva que entendiera que cada quien decidía qué creer y él no debía obligar que le creyeran y que aceptaran su información, comenzó a manejar esta frustración que le causaba estos desplantes y se notaba la ignorancia generalizada que se debía a un olvido colectivo y por ello no los podía juzgar o alejarse, también era estar con ellos y brindar la luz, y a quien la recibiera podía darle más, era simple y sencillo el procedimiento así él también se alineaba con el libre albedrío que debía respetar y cuidar.

Comenzó a bendecir la comida, poco a poco fue construyendo una oración que le llegaba de sus visitas al exterior, bendecía los alimentos y anclaba la luz que traía de la fuente, al comienzo se veía solo trayendo la luz luego veía como la luz estaba de adentro hacia fuera y de afuera hacia adentro. Se veía en una escena muy conmovedora, y la repetía en cada comida, la oración que decía era la siguiente:

"Padre celestial bendice estos alimentos materiales y espirituales, en todas las direcciones del tiempo, gracias por esta abundancia permite que se multipliquen en todos los habitantes de la Tierra, en todo el universo y en todas las galaxias, así es y hecho está", imaginaba lo que decía, cuando expresaba que en todas las direcciones del tiempo, veía personajes del pasado en otra época recibiendo las bendiciones, cuando decía todas las galaxias se iba para el lugar afuera del hoyo y traía nuevamente la luz.

De tanto solicitar tener contacto con los invisibles, una mañana sentía mucho dolor en el cuerpo, se puso a meditar, y pidió ser sanado, notó como descendía una nave del espacio, desaparecieron los muros de la casa, de allí se bajaron 10 seres de cabeza alargada, delgados, tenían la apariencia de caminar jorobados, con su piel lisa y de color azul, se comunicaban telepáticamente, su boca no se movía, le entregaron un cristal de sanación, y le dijeron cómo usarlo; debía activarlo a través del corazón, pidiendo mucha sabiduría, y asistencia divina, hicieron una venia y se retiraron del lugar.

El niño, a pesar de que le dio un poco de susto la experiencia, se sintió plácido de que por fin vio a los seres invisibles y supo que no eran malos ni harían daño como lo mostraban algunas películas que él veía, por el contrario, eran amables, cordiales y muy amorosos, entregaban mucha luz y asistencia a la Tierra.

Supo en ese momento que siempre nos han custodiado, vigilado, esperando que los aceptemos para poder ayudarnos, ya que solo intervienen cuando se les permite, han respetado nuestras decisiones, así nos vieran cómo nos destruimos a través de guerras, hambrunas, enfermedades, solo nos envían luz y vibraciones altas constantemente, y aprovechan cada que hay algún humano interesado en ellos, para comunicarse y enviar mensajes a través de ellos, emiten solo bendiciones y emanan luz en todos los rincones de la galaxia.

Pero este no fue el único acercamiento, hubo muchos más, comenzó a ver diferentes razas y civilizaciones, no solo por fuera en sus viajes al exterior sino dentro de la Tierra los veía, en parques, jardines, bosques, ahí entendió que no estamos solos, ellos siempre nos acompañan. A los seres que había visto unos más parecidos a los humanos, otros con figura humana pero sus cuerpos eran de felinos como tigres, leones, otros eran seres que al ojo humano podrían causar miedo, por su apariencia, sobre todo los elementales del planeta, totalmente inofensivos y amorosos, solo vienen a dar sanación, amor, confianza, recordar lo que somos uno, y a que vibremos en nuestra propia esencia.

Continuó visitando más lugares, galaxias. En una en particular sintió que le era muy familiar cuando entró al lugar sintió que volaba y llegó a una especie de casa. Lo esperaban tres figuras de seres luminosos y amorfos, lo abrazaron y le dijeron **"encontraste el camino, sabíamos que lo lograrías, has llegado al hogar"** fue muy emotivo el encuentro, salió de allí y le recordaron que podía volver cuando quisiera, sintió su familia de luz era una conexión fuerte, ya venía trabajando en las meditaciones sobre encontrar el hogar, el origen de todo, ya lo había hecho se decía para sí mismo, tendré que contarlo para que los demás puedan hacer su camino hasta encontrar su hogar.

Los días siguientes se encontraba muy entusiasmado, saber que había encontrado su familia de luz, esto le duró hasta que al hacer una meditación días después, un ser rubio, de cabello liso y largo, orejas puntiagudas, se le apareció y le dijo "no has encontrado tu hogar, solo fuiste a reconocer a tu familia de luz, continúa buscando, estás muy cerca, no requiere viajar a ningún lugar lo tienes a medio pensamiento" .Pasaron muchos días para él entender de qué se trataba este juego, así lo veía, sentía que jugaban con sus emociones, por fin supo dónde estaba **el hogar.**

Sí era un lugar cercano y no requería viajar o sea que estaba en él, **en su corazón**, inmediatamente llegó el mismo ser y corroboró su respuesta. Qué fácil es, **todo está dentro de ti**, no requieres dinero, viajar o tener lujos, solo vibrar alto y conectarte con tu corazón para que sea él quien nos guíe en nuestras acciones, pensamientos y lo que decimos, y **nuestra vida girará en torno al amor y la tranquilidad, todo fluirá dentro del perfecto orden divino como debe ser**.

Dalil apareció al instante, estaba feliz de ver lo que había logrado el chico. "Te recuerdo que no solo puedes ir al exterior, sino al pasado y el futuro para sanar cualquier distorsión de la realidad actual, siempre pidiendo permiso si hay algún involucrado aparte de ti, **puedes sanar el pasado desde donde se haya originado en todas las direcciones del tiempo y así se van cerrando esas vidas paralelas, quedas con la experiencia y sueltas el dolor, se incorpora poco a poco el ser presente con lo que hay del pasado y no volverá a repetir ninguna experiencia ya aprendida**, es ahí donde se vive el presente con la intensidad que se debe hacer. El yo ahora es uno solo lleno de sabiduría y entendimiento.

Ya me verás poco, le dijo Dalil, he decidido nacer nuevamente en la Tierra; estaré cerca de ti, pero habrá momentos que no nos veamos y no recordaré nada hasta que mi alma decida recordar, tal cual como es, espero que puedas ayudarme a hacerlo, para poder continuar con mis experiencias, gracias infinitas por tu disposición, por tu dedicación a mejorarte y por tu servicio de traer la luz a la Tierra sin importar por lo que tendrías que pasar.

Gratitud a ti y todos los seres que ofrecen su existencia al bien de la humanidad, que renuncian al ego y sus supuestos beneficios, gracias, gracias, gracias, sé que nos volveremos a ver y no me arrepiento ni un segundo de haber estado contigo en ese camino del despertar".

El chico comprendía la información desde el alma, lo abrazó y le deseo muchos éxitos en su nueva aventura y claro que lo ayudaría, en lo que necesitara porque lo reconocería cuando estuviera encarnado. Se despidieron sin antes Dalil decirle que podía seguir haciendo viajes intergalácticos, en cualquier dirección y que podría ir recordando los amigos de otras galaxias que lo acompañan en esta travesía. Te amo y te deseo lo mejor, se despidieron y a pesar de que Talib lo sentía a veces, ya no era como antes, su imagen no se presentaba igual, era más difusa y delgada, pero al ser multidimensional estaba allí, pero concentrado en su nueva vida.

El chico continuó con sus viajes intergalácticos, intraterrenales y los internos de su ser. Fue recibiendo poco a poco, la instrucción de su divinidad que podía ir contando a sus allegados, cuando un amigo o familiar o a veces hasta personas casuales ponían el tema o le preguntaban algo sobre circunstancias que ocurrían en la Tierra, él podía decirles la información si se pasaba de nota y les decía más de la cuenta, el ser de cada uno hacia selección de la información y las personas solo recordaban lo que era necesario para el momento.

A medida que creció entendió más cosas sobre las experiencias humanas y las historias en las que nos metemos por el ego, cuánto aprendemos, comenzó a ver con compasión todas las pasiones, emociones de cada ser, entendía estos escenarios, aun así, no dejaba de experimentarlos solo que ya podía verlo de frente. Sabía cuándo su ego salía por la columna vertebral: era un ser gelatinoso transparente que se ponía en la parte de atrás y le hablaba por el oído derecho, lo incitaba a pelear y defenderse, cuando lo detectaba solo le pedía que hablara más pasito hasta no escucharlo.

Quería en su interior que todos los humanos entendieran todo esto que había aprendido con Dalil y posteriormente él mismo con sus viajes, se propuso contarlo independiente que lo trataran de loco; sus conocidos y amigos comenzaron a volver un chiste sus comentarios y él se divertía, sabía que algo estaba quedando en sus mentes y que quedaría esta información como un sello en sus memorias y comenzarían a aplicarlas consciente o inconscientemente.

Como sabía que no estaba solo en el proceso, reconocía a varias personas en su camino y sabía que también tenían el propósito de anclar la luz, todo se le volvió parte de su vida, ya no solo eran aventuras, sino que su vida pasó a ser una gran experiencia ya fuera lo que vivía en otros campos dimensionales o en la

Tierra, pero todo para él era un aprendizaje que luego de depurarlo lo ponía al servicio de los demás, como si fueran señas que dejaba en el camino del despertar.

www.ingramcontent.com/pod-product-compliance
Lightning Source LLC
LaVergne TN
LVHW012046160826
845678LV00014B/2720